Harald Braem · Tod im Barranco

Harald Braem

Tod im Barranco

Kanaren-Thriller

Zech Verlag

Bibliografische Information:
Die Deutsche Nationalbibliothek verzeichnet diese Publikation in der Deutschen Nationalbibliografie; detaillierte bibliografische Daten sind im Internet abrufbar über http://dnb.dnb.de.

Tod im Barranco. Kanaren-Thriller

Verlag Verena Zech, Santa Úrsula, Teneriffa
www.zech-verlag.com · Tel./Fax: (+34) 922 302596

Text:	Harald Braem
Umschlag:	Karin Tauer, unter Verwendung eines Bildes (Acryl auf Papier) von Sylvia Catharina Hess
Druck:	Gráficas La Paz
Dep. legal:	J-1077-2012

ISBN 978-84-938151-5-8
Printed in Spain

Inhaltsverzeichnis

1 Roque de Agando, La Gomera

Der graue Renault Express quält sich im ersten Gang schaukelnd über die staubige Sandpiste. Die Straße im Barranco de Pastrana ist in einem erbärmlichen Zustand. Überall Löcher, Steine, Geröll, tiefe Rinnen. Schon bei Tag eine Zumutung. Jetzt, in der Nacht, ein riskantes Abenteuer. Ständig Steigungsstrecken und Kurven, überhängende Felsen. Im tanzenden Licht der Scheinwerfer tauchen kurz bizarre Kakteen auf, die wie Gespenster mit ihren Stachelarmen winken, einzelne Palmen und überwucherte Lavahänge. Plötzlich ein Haus. Die Fensterläden geschlossen. Eine verloren wirkende Straßenlaterne. Ein parkender Landrover. Kisten und Säcke. Zwei streunende Katzen. Danach wieder Dunkelheit. Fahler Mondschein. Die Häuser von Pastrana kleben irgendwo unsichtbar an den Bergen. Es gibt in dieser Nacht keine Zeugen.

Der Mann am Steuer wirkt entschlossen. Bis jetzt hat er kein einziges Wort gesprochen. Zwischen seinen Lippen klebt eine Zigarette. Er raucht kalt. Er will sie erst später anzünden, wenn alles erledigt ist. Jetzt ist er viel zu angespannt. Er fährt hochkonzentriert, in Armen und Schultern verkrampft, den Blick starr auf die Piste gerichtet.

Seine Klamotten stinken. Der ganze Wagen stinkt, obwohl sie mit offenem Fenster fahren. Wenn alles vorbei ist, werde ich mir eine frische Hose besorgen, ein T-Shirt und

Schuhe. Und vorher im Meer baden. Den ganzen Dreck abwaschen. Wieder einen klaren Kopf bekommen…

Der andere starrt ebenfalls in die Nacht. Er hockt verkrampft im Sitz, stützt sich mit beiden Armen am Armaturenbrett ab, um heftige Stöße abzufedern. Ab und zu flucht er leise und spuckt seitlich aus dem Mundwinkel. Er weiß, dass seinem Partner diese Angewohnheit missfällt, aber das ist ihm im Moment scheißegal.

Er verflucht den Tag, die Nacht und sich selbst. Er fühlt sich im falschen Film. In einer Endlosschleife. Er meint immer wieder dieselben Bilder zu sehen, dieselben Kakteen, dieselben Felsen, dieselben Kurven. Ein kurzer Blick auf die Armbanduhr zeigt, dass die Zeit langsam kriecht. Die Minutenziffern kleben im Display.

»Dauert's noch lange?« fragt er, ohne den Kopf zu drehen. Er bekommt keine Antwort. Hat auch keine erwartet. Sein Partner redet nicht gern. Dafür ist er bekannt. Aber an der Fahrweise merkt er, dass sie dem Ziel endlich näher kommen. Der Motor stottert bereits, so langsam rollt der Wagen jetzt, beinahe suchend. Die Piste endet abrupt in einem Palmenhain, von dem aus nur noch ein schmaler, steiler Maultierpfad zwischen zerklüfteten Felsen in die Berge führt. Benchijigua.

Der Fahrer lässt den Renault in die einzig dafür geeignete Stelle rollen, wendet, steht wieder in Fahrtrichtung. Er schaltet den Motor ab. Plötzlich ist es unglaublich still. So still, dass das jäh einsetzende Zirpen der Grillen überlaut die Nerven fetzt.

Er sagt: »Es ist so weit. Setz die Lampe auf.«

Der Mann zieht sich ein Band mit schwenkbarem LED-Strahler über die Stirn und reicht dem anderen ein baugleiches Teil. Er grinst mit verzerrtem Gesicht, ohne die Zigarette aus dem Mundwinkel zu lassen.

»Alles okay?«

»*Todo bien.*«

»Dann lass uns starten. *Vamos.*«

Sie machen sich an die Arbeit, müssen endlich ihre Fracht loswerden. Und es liegt noch ein ganzes Stück Fußmarsch vor ihnen. Sie zerren den Sack aus dem Kofferraum. Heben das Opfer auf ihre Schultern. Es ist schwer. Beide keuchen hintereinander her, als sie links einer schmalen, kaum erkennbaren Trittspur folgen, die das unruhige Licht der Stirnlampen berührt. Sie führt mit leichtem Gefälle in den Barranquillo del Rincón, einem Seitenarm des großen Barrancos. Verdammtes Gestrüpp, mannshohes, trockenes Schilfgras, Kakteen, Tabaibas, Stachelgewächse. Zum Glück keine Agaven. Immer weiter. Rascheln, als ob Tiere unterwegs wären. Aber es ist nur der Wind. Die beiden Männer ächzen unter ihrer Last.

Es dauert eine Ewigkeit, bis sie den richtigen Platz erreichen, eine Geröllhalde aus Lavabrocken, mit Abfall bedeckt. Davor eine rostige Badewanne, die vor langer Zeit einmal als Viehtränke diente.

Jetzt, da gerade eine Wolke am Mond vorbeigeistert, scheint sich für einen kurzen Moment der Schatten des Agando über sie zu legen. Vielleicht nur Einbildung. Aber plötzlich weht ein kühler Windstoß. Er zerteilt die weiße Wolke in bizarre Schemen, Geisterwesen, die rasch ihre Gestalt wechseln, während sie in höheren Zonen bereits zu Strähnenschleiern zerfransen. Eine Million Sterne tanzen und blinken irre Signale.

Jetzt die Fracht abladen, direkt in die Badewanne. Der Opferplatz. Danach ist es still. Nur keuchender Atem. Ein Nachtvogel schreit. Es sind Stimmen im Wind.

Der Mann mit der Zigarette im Mund wischt die Geister energisch mit einer Handbewegung fort. Er lässt sein Feuerzeug schnappen, zieht gierig den Tabakrauch in seine Lungen.

Der andere steht abwartend dabei. Ringt noch nach Luft. Dann sagt er: »Lass uns die Sache zu Ende bringen. Ich will weg hier.«

Sein Partner nickt. »Ich auch, glaub mir: ich auch!«

Sie arbeiten nun rasch. Alles muss schnell und hochkonzentriert vonstatten gehen. Sie wissen genau, was zu tun ist. Als das Feuer zischend aufflammt, bedeutet das für sie Erlösung. Plötzlich wird alles hell. Fast zu hell. Sie weichen aus dem Lichtkreis, hasten die Trittspur zurück. Die Flammen in ihrem Rücken prasseln, als sie das Opfer annehmen. Die Hitze scheint nach ihnen zu greifen. Aber auch das ist nur Einbildung. In Wirklichkeit laufen sie, als sei eine große Last von ihnen gefallen, leichtfüßig und frei. Ja, jetzt sind sie endlich frei!

Sie erreichen den Palmenhain, den Kastenwagen, reißen die Türen auf, lassen sich auf die Sitze fallen. Der Motor springt sofort an. Nun die gesamte Strecke zurück. Niemand begegnet ihnen. Niemand außer ihnen ist in einer solchen Nacht unterwegs.

Der Mann am Steuer steckt sich noch eine Zigarette an. Der Fahrtwind streicht durch die offenen Seitenfenster und weht Asche und Glutfunken ins Wageninnere. Sein Partner flucht schon wieder und spuckt aus dem Mundwinkel. Solche Flüche müssen sein, besonders danach. Er hasst seinen Job. Aber es gibt keinen anderen für ihn außer diesem. Wenn ich hier fertig bin, wenn uns dieser Idiot ohne Unfall durch den Barranco bringt, auf die asphaltierte Straße und aufs Schiff, dann mach ich erstmal Urlaub, denkt er. Ich nehme mir ein Zimmer an der Küste, esse mich satt, reiße eine *Chica* auf, oder besser noch zwei. Und dann: bungabunga und *tranquilo*. Er sieht sich Zigarre rauchend am Strand sitzen. Beste *Puros* aus Havanna. Wie diese großen Männer im Film, die es geschafft haben und sich seelenruhig der Pflege ihrer Fußnägel widmen können. Aus dem CD-Player schallt laute Musik. Alle Songs von Shakira, damit die *Chicas* mit ihren üppigen Formen mitwippen können und ihre Möpse tanzen lassen. Und den besten Rum aller Zeiten, während das Leben ihn streichelt. Er weiß, dass es keine Garantie auf die Erfüllung solcher speziellen Träume gibt…

2 Barranquillo del Rincón, La Gomera

Leichter Nieselregen nässt die Haut. José Ferrera stört das nicht. Er empfindet die Nebelwolke, die vom Roque de Agando her durch den Barranco quillt, sogar als angenehm frisch. Er ist gern bei so einem Wetter unterwegs. Und Chico, der Hund, genießt den frühen Ausflug ebenso. Wochenlang ist es schwülheiß gewesen, drückend und lähmend. Und dann die plötzliche Urgewalt des Regens, ein kurzer Schauer gegen Ende der Nacht, aber außerordentlich ergiebig. Das Wasser steht in Pfützen, hat an manchen Stellen den Weg weggespült und Geröll aus den Bergen gelöst.

José atmet tief die frische Luft ein. Chico ist wie immer vorausgelaufen und markiert an einer Biegung des Fußpfades die Böschung. Zaghaft tastet sich erstes Sonnenlicht über die schrundigen Felskanten von Benchijigua. Rechts neben dem dunstigen Gipfel des Agando erscheint für kurze Zeit ein schwacher Regenbogen.

Eigentlich ist es ein schöner Morgen. Aber irgendetwas stimmt diesmal nicht. José Ferrera ist stehengeblieben und blinzelt mit zusammengekniffenen Augen in Richtung der Berge. Der Agando beginnt sich langsam aus dem Dunst zu schälen. Seine Kontur gleicht einem übergroßen Zahn. Oder einem Phallus. Und wenn man länger hinsieht, nimmt er die Form eines riesigen Kopfes an. Die Ureinwohner hielten ihn für eine versteinerte Gottheit, die seit ewigen Zeiten über die Insel wacht. Über das Zentrum Gomeras. Heute scheint der Schädel lauernd zu grinsen. Er strahlt etwas wissend Bösartiges aus.

José Ferrera schüttelt unwillkürlich den Kopf und wendet den Blick ab. Er kann nicht sagen, was es ist, aber etwas hat sich verändert. Ein Gefühl bloß, aber deutlich anders als sonst. Auch Chico ist stehengeblieben und hebt witternd die Nase in den Wind.

Er ist ein Bastard, erbärmlich dürr und ungepflegt wie sein Besitzer. Aber für José Ferrera ist er ein Seismograph. Der Hund sieht und hört erheblich besser als er, dessen Sinne allmählich altersschwach werden. Ganz zu schweigen von Chicos feiner Nase. Er riecht es, wenn eine Hündin heiß wird, noch über Kilometer hinweg.

Ihre Blicke streifen sich kurz. Mit einer flüchtigen Handbewegung deutet José Ferrera die Richtung an, in der er weitergehen will. Der Hund versteht die Geste sofort und läuft los.

Als sie den Rand des Palmenhains erreichen, sträubt sich Chicos Nackenfell. Er verharrt an der Stelle, wo der Trampelpfad zum Barranquillo abzweigt, und beginnt leise zu knurren. Eigentlich gehört dieser Abschnitt nicht zu ihrem normalen Weg. José Ferrera mag den verkommenen Barranquillo mit seinem Gestrüpp nicht. Außerdem führt er in eine Sackgasse mit wenig erfreulichem Ausblick. Aber der Hund bleibt stur stehen und wittert in Richtung des wogenden Schilfs.

»*Qué pasa?* Was ist denn?« brummt der Mann ungehalten und will weitergehen. Doch Chico ist anderer Meinung. Ein verdammt sturer Köter. Also biegen sie vom Weg ab und folgen der Trittspur. Der Hund läuft voraus. Er wirkt aufgeregt. Und dann merkt auch José Ferrera, warum. Es liegt an der Luft. Ein unangenehmer Brandgeruch, der stärker wird, als sie das Schilfdickicht passieren. Kalter Rauch steigt in die Nase, süßlich und schwer. Der Hund ist plötzlich aus dem Blickfeld verschwunden. Der Mann hastet ihm nach, merkt nicht, dass Stacheln sein Hemd aufreißen. Er ruft seinen Hund, pfeift nach ihm. Vergeblich. Das Tier ist wie vom Erdboden verschwunden.

Als er ihn endlich eingeholt hat, hält er keuchend inne. Sie haben den Talschluss der kleinen Schlucht erreicht. An der Geröllhalde steht eine alte verrostete Viehtränke. Der Hund bellt wie besessen. In zwei Metern Abstand zu der rostigen Badewanne steht er wie angewurzelt da und kläfft so wütend, dass sein ganzer Körper vor Erregung zuckt.

»Komm weg da!« brüllt José Ferrera heiser.

Widerstrebend wagt er sich ein paar Schritte vor, um das Tier wegzuzerren. Dabei fällt sein Blick in das Innere der Wanne. Eine Wolke aus Fliegen steht über einer verkohlten Masse. Unförmig zusammengeschmolzen, aber dennoch erschreckend deutlich. Ein Schädel. Ein seltsam verkrümmter Arm. So grotesk die schwarze Masse auch aussieht – José Ferrera erkennt sofort, dass es sich um die Reste eines verbrannten Menschen handelt. Er kann nicht glauben, was er da sieht. So etwas darf es nicht geben. Das ist grausam, abartig, ekelerregend. Es stülpt ihm den Magen um. José Ferrera taumelt zur Seite und kotzt ins Dickicht. Er erbricht sein karges Frühstück, alles, was er gegessen hat und mehr. Saure Flüssigkeit und Galle.

Nun steht er keuchend da und ringt nach Luft. Er presst die Fäuste gegen den Magen. Alles in seinem Kopf ist wirr. Er wagt nicht, noch einmal zur Geröllhalde zu blicken und schon gar nicht zu der alten Tränke. Bloß weg von diesem Ort, weg aus dem Dunstkreis des erkalteten Feuers und des unerträglichen Gestanks von verbranntem Fleisch.

Er rennt los, ohne sich weiter um Chico zu kümmern, läuft den Weg zurück, so schnell es seine alten Beine erlauben. Und auch der Hund kann sich nun endlich von diesem Ort des Schreckens lösen. Er folgt seinem Herrn jaulend, mit eingezogenem Schwanz.

Als sie den Palmenhain am Barranco erreichen, die Piste, halten beide nicht inne, laufen weiter. Sie müssen Pastrana erreichen. Die Häuser. Irgendeinen Platz, an dem die vertraute Realität zuhause ist.

3 Barranco de Pastrana, La Gomera

Als der schwarze Toyota des Polizeichefs von San Sebastián endlich eintrifft, ist die Piste in der Nähe des Palmenhains bereits hoffnungslos von Fahrzeugen verstopft. Guardia Civil, Policía Local, der Wagen des Arztes von Santiago und sogar die Ambulanz, alle sind bereits da. Es wird schwierig sein, hier später wieder zu wenden.

Felipe, der Fahrer und trotz seiner Geschwätzigkeit unentbehrlicher Assistent des Chefs, findet gerade noch eine schmale Ausbuchtung, wo er in gefährlich schräger Position einparken kann. Während der gesamten Fahrt hat er sich über den Zustand der Piste beschwert und dabei drastische Worte gefunden:

»Für alles ist Geld da, nur nicht für eine anständige Straße. Kein Wunder, dass die Leute hier allmählich verkommen. Ich möchte mal wissen, wo die ganzen EU-Gelder bleiben. Wahrscheinlich wird alles in sinnlose Projekte verpulvert: hier eine neue Strandpromenade, die kaum einer benutzt, dort Golfplätze, die unsereins sowieso nie betritt, und das neue, viel zu große Kulturzentrum sieht nach knapp einem Jahr bereits wieder wie eine Baustelle aus. Eine Schande ist das!«

Bernardo Gómez, den alle nur El Capitán nennen, hat nichts darauf geantwortet. Er sieht die Sache im Prinzip ähnlich, enthält sich aber jeden Kommentars. Er weiß, wie schwierig es ist, gewisse Veränderungen, die ihm durchaus sinnvoll erscheinen, in einer Bananenrepublik durchzusetzen. Außerdem ist er mit seinen Gedanken ganz woanders. Als der Anruf heute Morgen kam und ihn aus dem seligen Schlummer und der warmen Nähe seiner Frau Ana riss, wusste er sofort, dass dieser Tag ihm nichts als Stress und unangenehme Aufregung bescheren würde.

Umständlich quält er sich jetzt aus dem Toyota, was sich bei seiner Leibesfülle nicht ganz einfach gestaltet. Dabei ist er nicht einmal dick im üblichen Sinne, eher ein schwerer, kompakter Brocken, muskelbepackt mit stabilen Knochen. Nur sein Bauch hat mit den Jahren wegen des guten Essens reichlich an Umfang zugenommen.

Früher war er *Luchador*, der beste Ringer seiner Gemeinde, und hat viele spektakuläre Siege für seine Mannschaft errungen. Die Urkunden zieren noch immer in seinem Amtszimmer eine komplette Wand. Das ist der Beginn seiner kometenhaften Karriere im Polizeidienst gewesen, und die guten Kontakte, die er mit Inbrunst pflegte, trugen das Ihre dazu bei. Im Gegensatz zu seinem massigen Körper, der nur langsame, bedächtige Bewegungen zulässt, funktioniert sein Verstand erstaunlich schnell. Situationen sofort zu erfassen und aus dem Stehgreif messerscharfe Analysen zu erstellen, gilt als seine Spezialität. Dies ist es, was ihm letztendlich seine Position eingebracht hat und seinen guten Ruf. Selbst seinen Spitznamen »El Capitán« sprechen die Leute mit einer besonderen Betonung aus, in der Bewunderung liegt.

Felipe ist vorausgeeilt, um die Kollegen zu begrüßen, die am Palmenhain in einer Gruppe zusammenstehen und warten. Allerdings trifft er dort nicht auf fröhliche Gesichter. Die Stimmung ist spürbar gedrückt. Die Männer stehen wortkarg herum, einige rauchen. Ein paar von ihnen sind bereits am Tatort gewesen – wenn es denn der Tatort ist, es sieht nicht danach aus – und haben die Sauerei dort gesehen. Manuel Ramos aus Playa de Santiago ist noch immer grau im Gesicht, ihm ist übel. Auch seinem Kollegen Alfonso Torres geht es nicht besser. Sie sind als erste an der Badewanne gewesen und haben Fotos gemacht.

»Eine verdammte Schweinerei, *Mierda*«, sagt Alfonso und spuckt auf den Boden. »Und das ausgerechnet hier, in so einer netten Gegend.«

»Das passt einfach nicht zu La Gomera«, stimmt ihm Manuel Ramos zu.

Inzwischen ist El Capitán zu der Gruppe gestoßen. Anstelle einer Begrüßung brummt er nur ein allgemeines »*Hola*« und hebt flüchtig die Hand. Eine dunkle Sonnenbrille verdeckt seine Augen und verrät nicht, wohin sein Blick fällt.

»Wer hat die Leiche gefunden?« fragt er und dreht den Kopf in die Runde.

»Ein gewisser José Ferrera«, meldet sich Manuel Ramos zu Wort. »Er lebt allein in einem *Pajar* am oberen Rand von Pastrana.« Er deutet vage mit dem Zeigefinger in Richtung Berge.

»Hat er uns informiert?«

»Nicht direkt.«

»Nicht direkt? Was meinst du damit?«

»Naja, eigentlich hat uns eine gewisse Ines angerufen«, mischt sich Alfonso Torres eilfertig ein. »Sie besitzt ein Handy und José ist sofort zu ihr gelaufen. Er selber hat keins. Überhaupt ist er ein wenig sonderbar…«

Die Stimme des Polizeichefs hat einen grollenden Unterton angenommen. Man muss jetzt vorsichtig sein mit dem, was man sagt. »Was heißt sonderbar? Ein bisschen präziser, bitte. Ist er *loco*?«

»Nein, nicht verrückt. Ein Sonderling, könnte man sagen. Keine Frau, keine Kinder. Er haust zusammen mit seinem Hund und einer Schar Katzen.«

»In einem *Pajar*, einer Scheune?«

»Ja. José stammt aus Pastrana, hat den Schuppen von seinen Eltern geerbt. Kein Strom, kein Licht, kein Telefon. Holt sein Trinkwasser aus der Zisterne. Die Scheune liegt weit ab von den anderen Häusern. Ich möchte jedenfalls nicht so leben.«

El Capitán kratzt sich am Kopf und denkt einen Moment lang nach. Sein Haus oberhalb von San Sebastián kommt ihm in den Sinn. Ein großes, stattliches Haus mit vielen Zimmern, Veranda, riesiger Dachterrasse und überdimensioniertem Swimmingpool. Dazu eine bildschöne Frau, drei Kinder, zwei niedliche Schoßhunde.

»Der eine mag's so, der andere so. So ist das Leben, es spielt keine Rolle«, sagt er nach einer Pause. »Ist er glaubwürdig?«

»Ja«, antwortet Manuel Ramos, und Alfonso Torres nickt bestätigend, »würde ich sagen. Der Mann war völlig mit den Nerven fertig, als er anrief. Ich meine, zuerst haben wir ja mit dieser Ines gesprochen. Die hat ihn dann ans Handy gelassen, damit er alles genau erzählen kann. Was er gesagt hat und auch wie – das klang recht überzeugend.«

»Wann war das genau?«

»Vor etwa drei Stunden«, übernimmt Alfonso Torres den weiteren Bericht. »Wir sind dann sofort hingefahren und haben vor Ort seine Aussage zu Protokoll genommen. Es ist alles mit dem Voice Recorder aufgezeichnet.«

Er erinnert sich an bestimmte Sätze des Mannes: Und dann habe ich gekotzt. Mann, hab ich gekotzt. Aber nicht lange. Musste ja meinen Hund von der Badewanne wegkriegen. Der hat sich wie rasend benommen. Das Fell gesträubt, obwohl er kaum welches hat. Hab ich noch nie bei ihm gesehen. Sah plötzlich aus wie ein tollwütiger Teufel. Also habe ich ihm einen Tritt gegeben. Und dann sind wir so schnell wie möglich rauf zur Piste. Wo ich dann Ines getroffen habe. Die mit dem Handy... Vorher in der Nacht? Nein, da habe ich geschlafen, nichts gehört oder gesehen. Kein Auto. Der Regen hat gerauscht und der Wind blies kräftig...

Drei Stunden, denkt Bernardo Gómez. Mein Gott, was kann in drei Stunden alles passieren...

»Und wo ist er jetzt?«

»Wahrscheinlich oben in seinem *Pajar*. Der Mann hat es hier unten nicht länger ausgehalten. Er war fix und fertig und wollte so schnell wie möglich weg. Natürlich haben wir ihn für morgen nach Santiago bestellt, damit er seine Aussage unterschreiben kann.«

Der Polizeichef ist noch nicht zufrieden mit dem, was er gehört hat. Man muss diesen Leuten aus Santiago alles aus der Nase ziehen. »Und vorher hat er euch zum Tatort geführt?«

Alfonso Torres schüttelt den Kopf und blickt weg. »Nein, das wollte er nicht. Er wollte sich das alles nicht nochmal zumuten. Das kann ich durchaus nachvollziehen. Er hat uns den Weg und die Stelle nur beschrieben.«

Das ist Ansichtssache, denkt Bernardo Gómez. Aber

er sagt dazu nichts. Seiner Aufmerksamkeit ist nicht entgangen, dass die beiden Polizeibeamten sichtlich elend aussehen. Auch für sie muss es ein Schock gewesen sein, auf eine derart verstümmelte Leiche zu stoßen.

»Wir haben das Gebiet inzwischen abgesperrt und voll unter Kontrolle«, meldet sich ein geschniegelter Typ von der Guardia Civil zu Wort, der die ganze Zeit über mit seinem nagelneuen iPhone herumgespielt hat. Dummer Lackaffe. Wer kommt hier schon vorbei, wofür wurde abgesperrt? Reicht es nicht, dass die Wagen die Piste blockieren? Der Kerl scheint ein Wichtigtuer zu sein…

Ganz anders der Arzt. Dr. Morales hat bisher schweigend abseits gestanden. Er macht einen seriösen und kompetenten Eindruck, um die sechzig, penibel gekleidet, trägt sein schütteres graues Haar glatt nach hinten gekämmt. Wenn er nicht Arzt wäre, könnte man ihn für einen Notar oder Rechtsanwalt halten. Als er nun angesprochen wird, hebt er mit einer entschuldigenden Geste beide Arme hoch und zieht ein trauriges Gesicht. Dabei kann der Mann nun wirklich nichts dafür, dass ihnen an diesem schönen sonnigen Tag eine so hässlich zugerichtete Leiche präsentiert wird. Seine Stimme klingt heiser. Er muss sich erst räuspern, bevor er deutlich sprechen kann. Gómez versteht sofort. Wahrscheinlich hat auch der Arzt so etwas in seinem Leben noch nicht gesehen.

»Ich kann mich momentan noch nicht festlegen und bitte dafür um Verständnis, aber wahrscheinlich handelt es sich um eine männliche Leiche.«

Der Polizeichef starrt ihn an und beginnt langsam das wahre Ausmaß des Vorfalles zu begreifen. »Ist es so schlimm?«

Dr. Morales nickt. »Sehr schlimm. Ich habe in meiner ganzen Praxis bisher noch nie etwas Vergleichbares untersuchen müssen. Es ist wohl ein Brandbeschleuniger eingesetzt worden. Von der Leiche wäre im Normalfall kaum noch etwas übrig geblieben, wenn nicht der starke Regen eingesetzt hätte.«

Gómez denkt über diese Äußerung nach und kratzt sich wieder am Kopf. Eine dumme Angewohnheit, das weiß er, aber sie hilft ihm beim Kombinieren. »Dann muss der Körper also, wenn ich Sie recht verstehe, kurz vor dem Regenguss abgeladen und angezündet worden sein. Also zwischen Mitternacht und vier Uhr morgens?«

»So ungefähr. Aber zum genauen Zeitpunkt des Todes kann ich, wie schon erwähnt, im Moment nichts sagen. Er kann schon wesentlich früher eingetreten sein. Genaueres kann nur die Obduktion in einem speziellen Labor ergeben. Ich habe bereits mit der medizinischen Fakultät der Universität La Laguna telefoniert. Die können sowas, die haben dort Fachpersonal für Brandopfer und die entsprechende technische Ausrüstung. Hier sind wir damit völlig überfordert.«

»Ich verstehe«, brummt Gómez und reibt sich das Kinn, »ich verstehe. Das bedeutet, wir müssen die Leiche oder das, was von ihr noch übrig ist, nach Teneriffa schaffen lassen. Ein verdammt lausiger Fall. Wir müssen sowieso mit allen wichtigen Dienststellen auf Teneriffa Kontakt aufnehmen, mit dem Morddezernat, der Guardia Civil, dem Innenministerium. Übernimmst du das, Felipe?«

»Wird sofort erledigt, bin schon dabei.«

Der Assistent hat das Handy gezückt und beginnt Nummern einzugeben, bricht mittendrin aber den Vorgang ab, klappt das Handy zu und wendet sich wieder an seinen Chef: »Sollten wir uns nicht vorher noch die Leiche ansehen? Ich meine persönlich, Capitán?«

Natürlich müssen sie das. Es ist ihre Pflicht. Sie können das Unvermeidbare nicht länger hinausschieben. Wie gern hätte sich Bernardo Gómez diesen Gang erspart. Aber das geht nicht. Ihm graut bereits jetzt davor. Ein Scheißjob ist das! Einmal dabei und im System, bleibt einem tatsächlich nichts mehr erspart. Er kann sich, soweit er zurückdenkt, an keinen ähnlichen Fall erinnern. Das alles passt nicht zu der ansonsten so friedlichen Insel Gomera.

»*Vale*, dann lasst uns gehen«, sagt er und blickt auffordernd in die Runde. »Wer kommt freiwillig mit?«

Niemand rührt sich. Alfonso Torres und Manuel Ramos blicken dezent beiseite. Die beiden scheiden aus, haben für heute bereits genug erlebt. Der gelackte Kerl aus Santiago? Der tut so, als würde er telefonieren. Dr. Morales hat sein Bestes getan. Und die anderen braucht er nicht dabei. Bleibt nur sein Assistent.

»*Vámonos*, Felipe. Bringen wir's hinter uns.«

Felipe zieht ein gequältes Gesicht. Aber er will sich keineswegs vor den Kollegen blamieren und als Schwächling dastehen. Wenn er einmal Nachfolger auf dem Sessel des Capitán werden will (alle Heiligen mögen helfen, dass es eines Tages soweit kommt), muss er Entschlossenheit und Courage beweisen.

»Klar, Chef. Bringen wir es hinter uns.«

Während die anderen zu diskutieren beginnen, machen sich Bernardo Gómez und Felipe auf den Weg ins Schilfdickicht. Es ist feuchtheiß. Fliegen schwirren vor ihren Gesichtern, setzen sich auf die Haut.

Es ist ein langer, einsamer Marsch, den die beiden schweigend zurücklegen. Sie gehen nebeneinander, erreichen gleichzeitig den Ort, der jetzt, im grellen Licht der Sonne, gar nicht so schlimm aussieht. Ein kleiner verwahrloster Barranco mit üppiger Vegetation. Wenn da nur die Badewanne nicht wäre, über der eine surrende Wolke aus grün schimmernden Fliegen steht, und das, was sich in ihrem Inneren zu einer schwarzen, ekelhaften Masse zusammenklumpt.

»Okay«, sagt Gómez, als er merkt, wie es ihm aus dem Magen hochsteigt, wie sich saures Wasser in seinem Mund sammelt, ohne dass er etwas dagegen tun kann. »Das reicht. Wir haben genug gesehen. Lass uns zurückgehen und die Sache so rasch wie möglich vergessen.«

Er weiß, dass er eine Lüge ausspricht. Er wird nichts vergessen. Nicht den Namen Rincón und nichts von dem, was er Felipe und sich selbst zugemutet hat. Und er hofft, dass er in keiner der folgenden Nächte davon träumen muss. Scheißjob, verdammter!

Kurz bevor sie wieder bei den Kollegen ankommen, die unter den Palmen im Schatten warten, hat er sich soweit gefangen, dass er einen klaren Gedanken fassen kann. Er wendet sich seinem Assistenten zu. »Hast du es gesehen, Felipe? Na klar, hast du es gesehen: Der Mann ist geschlachtet worden, ausgeweidet wie ein Tier. Es ist ein *Mula*, verstehst du, ein *Mula*…«

Felipe schnappt hörbar nach Luft. »Ein *Mula*? Ein Drogenkurier? Was hat er hier auf La Gomera zu suchen?«

»Genau das müssen wir herausfinden, *Compañero*. Am besten bevor die Jungs aus Teneriffa die Finger im Spiel haben und alles an sich reißen. Sonst stehen wir wieder einmal wie die Deppen da und müssen uns vorführen lassen. Ich kann Teneriffa sowieso nicht leiden.«

Da ist Felipe anderer Ansicht. Er schwärmt von der Insel. Das flotte Leben dort, die pulsierenden Städte, die schönen *Chicas* mit ihren sexy Kleidern. Vielleicht will ich gar nicht den Sessel des Chefs, denkt er. Ich finde Teneriffa viel besser. Wenn ich allerdings an die Arroganz der Kollegen dort denke, meine Chancen bei denen… Er lässt die Gedanken nicht weiter abdriften. Der Capitán erwartet Zustimmung von ihm, eine schneidige Antwort.

»Was? Okay, ja«, sagt er schnell und nestelt sein Handy aus der Gürteltasche. »Jetzt ruf ich dort erstmal an und erstatte Bericht.«

»Bloß nicht zu ausführlich«, rät ihm Gómez. »Nur das, was absolut notwendig ist. Lass die Kerle mal selber was rausfinden. Die schöpfen doch bloß die Sahne ab. Und wir, wir sind für die Drecksarbeit da.«

»Alles klar, Chef«, antwortet Felipe und konzentriert sich auf das erste Telefonat.

Zu den anderen gewandt, macht sich Bernardo Gómez auf seine Weise Luft. »*Coño*«, flucht er, »diese Hurensöhne müssen die Leiche bis runter in den Barranquillo geschleppt haben. Bestimmt waren es zwei. Der Wagen stand weiter oben auf der Piste, vielleicht bei den Palmen. Wenn wir Glück haben, finden wir Reifenspuren.«

Der Typ von der Guardia Civil wagt zu widersprechen. »Jetzt wohl kaum noch«, sagt er. »Der Wolkenbruch vergangene Nacht hat ganze Arbeit geleistet. Das meiste ist weggespült worden, und den Rest haben unsere Fahrzeuge besorgt. Ich wette, wir finden nichts mehr, das irgendwie brauchbar ist.«

Recht hat er, der Kerl. Aber dennoch kann Gómez den Einwand nicht so ohne weiteres stehen lassen. Schließlich ist er El Capitán.

»Trotzdem«, entscheidet er, »ich will, dass alles genau abgesucht wird, jeder Meter. Man muss auf dem Pfad runter auch nach Fußabdrücken suchen, nach Zigarettenkippen, nach was auch immer. Notfalls fordern wir dafür Verstärkung an. Der Fall hat höchste Priorität.«

4 Playa de Santiago, La Gomera

»Also, was haben wir? Fassen wir zusammen«, sagt Bernardo Gómez, nachdem er den Rest seines *Café cortado* mit einem Schluck ausgetrunken hat. Er stellt das leere Glas geräuschvoll auf dem Unterteller ab und wendet sich an die versammelte Runde.

Der schattige Innenhof des Polizeigebäudes ist vorübergehend zur Einsatzzentrale umfunktioniert worden. Acht Männer und zwei Frauen hocken auf Aluminiumstühlen, manche auf der Steinbank unter dem ausladenden indischen Lorbeerbaum. El Capitán ist in seinem Element. Er liebt Auftritte dieser Art, besonders wenn er dabei herumlaufen und seine Riesengestalt in die Höhe recken kann. Er macht ein paar bedächtige Schritte, mustert die Anwesenden durch seine schwarze Sonnenbrille und fühlt sich wie früher als *Luchador*, wenn er seinen Kampf gewonnen hat und von der Menge den ihm zustehenden Applaus einfordert. Dabei ist überhaupt noch nichts gewonnen. Ganz im Gegenteil: Sie befinden sich mit ihren Ermittlungen noch am Anfang, und die bisherigen Erkenntnisse sind mehr als dürftig.

»Was wissen wir bisher? Wir haben eine Leiche. Wahrscheinlich männlich. Alter und Herkunft unbekannt. Was kein Wunder ist bei dem Zustand, in dem sie sich befindet. Es wurde ein Brandbeschleuniger eingesetzt. Stimmen Sie mir zu, Dr. Morales?«

Der Arzt nickt und rührt mit dem Löffel in seinem Kaffee. »Soweit ja. Alles Weitere werden hoffentlich die genauen Untersuchungen in La Laguna ergeben. Ich meine, falls das überhaupt möglich ist.«

»Ist das Opfer bereits auf dem Weg dorthin?«

»*Sí, Señor*. Das Ermittler-Team aus Teneriffa hat die Leiche abtransportieren lassen und zum Flugzeug gebracht.«

Bernardo Gómez blickt in die Runde, als realisiere er jetzt erst, dass die beiden Männer aus Teneriffa nicht anwesend sind. »Wo stecken die Kerle denn?«

»Sie sind wieder zum Tatort zurück, um eventuelle Spuren zu sichern. Sie wollen dann nachher kommen«, sagt Alfonso Torres. Seinem Gesichtsausdruck ist zu entnehmen, dass er nicht viel von der Suche erwartet. »Ich glaube kaum, dass sie mehr Glück haben werden als wir.«

Felipe grinst breit und zupft an seinem gepflegten Bart. »Ich halte es für unwahrscheinlich, dass es sich bei dem Opfer und den Tätern um Einheimische handelt. Die kommen sicher von außerhalb!«

»Das denke ich auch«, wirft Manuel Ramos ein. »Wir wurden lediglich als Müllplatz benutzt.«

»Reine Spekulation«, sagt Gómez. »Aber ich stimme dir zu. Das alles passt nicht zu La Gomera. *Bueno.* Also weiter. Es wurde ein Fahrzeug benutzt, um die Leiche in den Barranquillo zu schaffen. Die Frage lautet daher: Wie kamen sie auf die Insel? Die Garajonay, der schnelle Katamaran nach Playa de Santiago scheidet definitiv aus. Er nimmt nur Passagiere mit. Bleiben die Autofähren nach San Sebastián. Und da gibt es zwei Möglichkeiten: die Barlovento der Naviera Armas oder die Benchijigua der Reederei Fred Olsen.«

»...die täglich mehrmals anlegen«, ergänzt Felipe.

»Richtig. Und die Fahrzeuge werden, wie jeder weiß, weder registriert noch in irgendeiner Weise kontrolliert. Auf diese Weise lässt sich bequem eine Leiche von Teneriffa nach La Gomera bringen.«

Jetzt meldet sich der eitle Typ der Guardia Civil, der bisher schweigend zugehört hat, zu Wort. »Ich frage mich bloß, warum ausgerechnet hier in Santiago? Wäre es nicht leichter gewesen, die Sache in der Nähe von San Sebastián abzuwickeln? Gleich dicht beim Hafen? Warum die lange Fahrt von der Hauptstadt bis hierher?«

Der Mann ist gar nicht so dumm, wie er aussieht, denkt Bernardo Gómez. Genau über diesen Punkt denke ich auch schon seit geraumer Zeit nach. Was hat die Hurensöhne veranlasst, eine so weite Strecke bei Nacht mit ihrer riskanten Fracht zu wagen?

»Sie wollten sichergehen, dass das Opfer für immer verschwindet«, sagt er. »Deshalb der weite Weg, deshalb auch der abgelegene Fundort. Ebenso der Einsatz von Brandbeschleunigern. Man wollte die Spuren restlos verwischen.«

»Hätte ja auch geklappt, wenn nicht der plötzliche Regen dazwischengekommen wäre«, ergänzt Felipe.

El Capitán vertraut seinem todsicheren Instinkt. Er will die Anwesenden nicht beeinflussen, doch die Worte rutschen ihm heraus: »Also, ich will den Untersuchungsergebnissen von der Universität nicht vorgreifen. Kann auch sein, dass ich mich irre. Aber für mich riecht die Sache deutlich nach Drogenkriminalität. Man hat einen *Mula* geschlachtet, einen Kurier, der mit dem Flugzeug nach Teneriffa kam. Vielleicht war es sogar ein Unfall. Etwas ist schiefgegangen. Man musste dem Mann schnellstmöglich die Plastikbeutel mit Kokain aus dem Magen holen, bevor sie platzen und die Ware versaut ist. Eine Notschlachtung sozusagen. Der Stoff selbst ist bestimmt schon auf dem Weg in den Handel. Und die Leiche musste schnellstmöglich von Teneriffa verschwinden, um jedes Aufsehen zu vermeiden.«

»Und Gomera bot sich dafür als Müllplatz an«, ergänzt Manuel Ramos. »Eine verdammte Scheiße ist das.«

»Genau.«

Felipe kann sich ein recht genaues Bild von dem machen, was sein Chef meint. Zwar hat er persönlich noch nie damit zu tun gehabt, aber bei einer Schulung einiges darüber erfahren, zu der ihn der Capitán vor einem halben Jahr nach Teneriffa geschickt hat. Er kann sich noch gut an die unappetitlichen Details erinnern:

Bis zu 1,5 kg Kokain oder Heroin werden in der Regel im Körper eines Kuriers von Kolumbien aus über Drittländer auf die Kanaren geschmuggelt. Die Mulas schlucken das Rauschgift in so genannten Kokain-Eiern. Diese bestehen aus Kondomen oder Teilen von Latexhandschuhen, die mit einem speziellen Plastikmaterial versiegelt werden. Vor dem Flug muss die Nahrungsaufnahme eingestellt werden, und der Kurier darf nur Wasser trinken, um keine Verdauungsprozesse zu aktivieren. Sonst könnten die Drogeneier beschädigt werden. Medikamente helfen oftmals dabei, den Mann oder die Frau ruhigzustellen. Damit die gefährliche Fracht im Körper nicht aufgespürt werden kann, umwickelt man sie mit Kohlepapier. Bevor sich ein Mula in ein Flugzeug Richtung Europa setzen darf, wird er trainiert. Dann wird das Verdauungssystem zunächst durch das Schlucken großer Karottenstücke und Trauben vorbereitet. Platzt ein Kokain-Ei, führt das in aller Regel zum sofortigen Vergiftungstod. Die Drogenmafia besitzt eigens dafür angeschaffte medizinische Instrumente, um Operationen durchzuführen. Nur so kommen sie bei einem toten Kurier an die wertvolle Ware. Mit Kaltblütigkeit und Professionalität nutzen die Kartelle die Armut vieler Menschen aus und bringen sie dazu, als lebende Drogenpakete zu arbeiten. Für etwas Geld riskieren diese Menschen ihr Leben und, wenn sie gefasst werden, ihre Freiheit. Für vier bis zwölf Jahre landen die *Mulas* dann hinter Gittern. Als Hauptdrehscheibe für den internationalen Drogenhandel gelten die Flughäfen Reina Sofía auf Teneriffa und Gando auf Gran Canaria…

Die anderen in der Runde schweigen. Mag ja sein, dass der Polizeichef Recht hat. Aber sie bleiben skeptisch. Bernardo Gómez zaubert aus der Brusttasche seines weißen Hemdes eine Zigarre hervor, rollt sie liebevoll zwischen den Händen, beißt die Spitze ab und zündet sie an. Die erste Wolke stößt er mit einem leisen, genussvollen Seufzer aus.

In diesem Moment treffen die beiden Ermittler aus Teneriffa ein. Der eine ist dünn und ganz in Schwarz gekleidet, der andere trägt einen eleganten grauen Anzug. Beide haben Sonnenbrillen auf und wirken erschöpft und verschwitzt. Sie grüßen kurz in die Runde und bleiben im Schatten des indischen Lorbeerbaums stehen. Niemand spricht, aber alle Augen sind auf die Ankömmlinge gerichtet. Ganz klar: Man gewährt ihnen Zeit für ihren Auftritt. Oder für die Peinlichkeit ihres Versagens.

»Wir haben doch noch etwas Brauchbares entdeckt«, bricht der Mann in Schwarz schließlich das Schweigen. »Eine frische Reifenspur. Nach unseren Einschätzungen stammt sie von einem Kombi, vielleicht ein Renault Express. Das Reifenprofil würde passen.«

Felipe pfeift anerkennend durch die Zähne. Die anderen enthalten sich weiterer Kommentare. Alfonso Torres feixt still vor sich hin. Na, super, denkt er, damit ist der Fall dann ja beinahe gelöst. Wenn's weiter nichts ist. Renaults gibt's schließlich auf den Kanaren wie Sand am Meer…

»Mein Kompliment, gute Arbeit«, sagt Gómez und stößt eine gewaltige Rauchwolke aus.

5 An Bord der Barlovento

Die Kulisse von Los Cristianos, ein Gewirr aus weißen Hotelbauten, umrahmt von bizarr geformten, dunklen Vulkankegeln, schrumpft langsam zusammen, bis sie nur noch einen weiß-schwarzen Streifen bildet. Nur der schneebedeckte Gipfel des Teide ragt weithin sichtbar mit seinen mächtigen Schultern aus dem Atlantik.

Die meisten Reisenden haben sich auf dem Sonnendeck versammelt, stehen an der Reling, machen Fotos oder starren aufs Meer, um im Geglitzer der Wogen womöglich dunkle Flossen von Delfinen oder Walen zu entdecken. Der Wind brüllt, zerrt an den Jacken und zerreißt Gespräche in Fetzen. Worte in vielen Sprachen. Das Klatschen des Wassers. Motorengedröhn und Dieselqualm aus dem stinkenden Schornstein. Für die meisten beginnt erst hier und jetzt der richtige Urlaub.

Karl Koller steht dicht neben Saskia. Sie lehnt glücklich an seiner Schulter. Der Wind weht ihr langes Haar wie einen Vorhang vor sein Gesicht, kastanienbraun und in der Sonne rötlich schimmernd. Einen Moment lang glaubt er durch einen Schleier zu blicken, ein seidiges Netz, in dem sich Gischt, Sonne und das Glitzern der Wellen verfangen. Ein Gefühl, das man riechen kann, denn es strömt in Duftwellen von ihrem Körper aus, macht ihn blind und gleichzeitig stark.

»Du wirst sehen: Jetzt wird alles gut. Alles wird endlich gut. Wir fangen nochmal ganz von vorn an, vergessen den alten Mist und machen es in Zukunft besser«, flüstert er ihr ins Ohr.

»Und das klappt?«

»Natürlich klappt das«, antwortet er im Brustton der Überzeugung. »Wir müssen es nur beide aufrichtig wollen.«

»Man stirbt nur zweimal«, prustet Saskia los und bekommt einen Lachanfall. Viel zu plötzlich und viel zu laut.

Er starrt sie verständnislos an, kapiert den Witz nicht, möchte sie mit beiden Händen an den Schultern packen und durchrütteln. Warum hört sie nicht mit diesem albernen Gegluckse auf? Sie steht vor ihm, jetzt wieder ruhig, und blickt ihn aus ihren Bernsteinaugen an. Sie wirkt zart, zerbrechlich, begehrenswert.

»Ist nur ein Buchtitel. Ein Krimi«, sagt sie. »Ach, vergiss es. Es sollte ein Scherz sein.«

Sie spielt mit ihm. Provoziert gern, fordert ihn heraus. Das tut sie oft, auch wenn er nicht versteht, warum. Ihr Blick glitzert. Sie flirtet immer mit den Augen. Und wie immer macht es ihn scharf. Sie ist einfach ein tolles Weib. Wie sie schon aussieht: diese irre langen Beine, die der Mini vorteilhaft rausbringt. Dazu Stiefel. Stiefel im Sommer! Ist wohl der letzte Schrei, denn viele der jungen Spanierinnen tragen sie jetzt. Dazu eine knapp sitzende schwarze Lederweste über der Bluse. Verdammt sexy, ihr Anblick. Er bekommt einen Ständer. Er macht sich von ihr los, um sich abzulenken.

»Ich will mir an der Bar einen Kaffee holen. Soll ich dir was mitbringen?«

»Ja, ein Glas Wasser ohne Kohlensäure, aber mit Eis!« ruft sie ihm nach, als er geht. »Und vergiss deine Tabletten nicht.«

Tabletten? Was für Tabletten? Er hat völlig vergessen, wozu er das Zeug einnehmen soll. Gegen Seekrankheit oder Migräne? Oder für seinen nervösen Magen? Egal.

Er hat sich vorgenommen, in diesem Urlaub alles zu vergessen und hemmungslos auf den Putz zu hauen. Ich nehme jetzt alles, was kommt, denkt er, während er sich breitbeinig, um das Schaukeln des Schiffes abzufedern, zur Getränke-Bar durchkämpft. Kaffee und Cognac. Ich werde koksen und kiffen, bis zur Bewusstlosigkeit Wein saufen, fressen wie ein Schwein und vögeln, bis es weh tut.

Saskia ist die ideale Ergänzung für ihn, das ist klar. Sex als Grundlage ihrer Beziehung, die magische Klammer, die alles zusammenhält. Wie oft haben sie sich schon gestritten, richtig heftig, so dass die Fetzen flogen? Unzählige Male Schluss gemacht. Ernsthaft und für immer. Und sind kurz danach wieder im Bett gelandet. Sie ist mit Abstand das Geilste, was er jemals erlebt hat. Es knistert dauernd. Wenn sie nur nicht so viel quatschen würde. Nebensächliches, Belanglosigkeiten. Hemmungslos und ohne Atempause. Die reinste Nervensäge. Man muss ihr ab und zu einfach das Maul stopfen. Mit Essen, mit Sex, mit Strenge. Sie erkennt dann meistens schon, wann der richtige Zeitpunkt zum Stillsein gekommen ist. Ein, zweimal hatte sie das verpasst und dafür Schmerzen eingesteckt. Nicht viel, aber genug davon, um sich später daran zu erinnern. Gelbe Karte. Danach folgt die rote Ampel. Sie steht nicht auf Sadomaso. Er auch nicht. Jedenfalls spielt das in ihrem Verhältnis keine Rolle. Eher harter Sex, spontan, intensiv, und schweigend. Sie oft mit verzerrtem Gesicht und zusammengepressten Lippen. Sie kann es nicht lassen, manchmal wie eine Katze die Krallen auszufahren, die Fingernägel in seinen Rücken zu graben und ihm blutige Streifen zu zeichnen. Er erlaubt ihr das, weil er weiß, dass sie dann kurz vor dem Orgasmus steht. Es animiert ihn, noch heftiger in sie zu stoßen. Nachher ist sie nur noch sanft, warm dampfend, hingebungsvoll. Einfach ein Prachtweib.

Als er mit dem Wasserglas zurückkommt, findet er genau diesen Eindruck wieder einmal bestätigt. Sie hockt in lasziver Haltung mit angezogenen Beinen auf der Bank. Ihr Haar flattert im Wind, hüllt das halbe Gesicht ein. Mehrere Männer verschiedenen Alters starren sie an. Sie registriert das nicht, und wenn doch, genießt sie die begehrlichen Blicke. Er auch. Sie gehört ihm, und das soll jeder ruhig sehen. Wie er sie anfasst, ihre Schultern berührt, sie genießerisch küsst. Ihre Lippen schmecken nach Salz.

»Hier ist dein Eiswasser, Liebling.«

»Ach, ich mag jetzt nicht. Ich trinke es später.«

Ihre typischen Launen. Er stellt das Glas ab, setzt sich neben sie und legt den Arm um ihre Schultern. Sie kuschelt sich an ihn.

Karl Koller steckt sich eine Zigarette an, was bei dem starken Wind nicht ganz leicht ist, und betrachtet die Leute ringsum. Er beobachtet gern Menschen aus dem Schutz der Sonnenbrille. Die meisten sind hässlich. Viele sind zu dick, aufgeschwemmt, alt, unappetitlich. Kinder sind in der Regel völlig uninteressant. Zu laut und zu nervig. Es gibt nur wenige Frauen oder Männer, die man längere Zeit ansehen kann.

In unmittelbarer Nähe zu ihnen, an die Reling gelehnt, stehen zwei Männer. Ab und zu wechseln sie Worte auf Spanisch. Ein Schwulenpaar. Der eine ist um die vierzig, der andere wesentlich jünger. Der Ältere, mit glatt rasiertem Kopf und stromlinienförmig geschnittener Sonnenbrille, trägt teure Designerklamotten. Hell karierte Flatterhosen, ein rosa T-Shirt mit dezentem Markenlogo, Sandalen aus geflochtenen Lederstreifen, dazu einen lässig um den Hals gebundenen schwarzen Seidenschal. Er ist drahtig und muskulös, was auf regelmäßige Besuche im Fitnessstudio hinweist. Sein Aftershave duftet bis zu Karl herüber. Der andere kann höchstens Mitte zwanzig sein. Er scheint direkt vom Friseur zu kommen. Sein kurz geschnittenes blondiertes Haar fällt selbst im Wind immer wieder in die gleiche Fasson zurück. Auch sein Körper ist wohlproportioniert. Das weiße Muskelshirt stellt die braun gebrannten Arme zur Schau. Er trägt eine Silberkette um den Hals und dazu einen entsprechenden Ohrring. Die weißen Baumwollhosen werden von einem breiten schwarzen Gürtel gehalten, der mit auffallenden Silberbeschlägen verziert ist. Passend zu seinem älteren Freund trägt er die exakt gleichen Ledersandalen. Wahrscheinlich haben sie zusammen im selben Schuhgeschäft eingekauft.

Karl Koller belauscht ihr Gespräch. Er versteht ein paar Brocken Spanisch. Den Rest reimt er sich aus ihren Gesten zusammen. Sie haben wohl eine Woche auf Teneriffa verbracht und wollen jetzt weiter nach Gomera. Natürlich zur Playa del Inglés im Valle Gran Rey. Aber darüber sind die beiden sich noch uneinig. Juan, der Jüngere, möchte unbedingt in der Sonne baden und schwimmen, Manrique lieber in einsamer Natur wandern. Eine

Weile geht es zu dem Thema neckisch hin und her, aber der Unterton in der Unterhaltung wird allmählich ernster. Vielleicht ist auch Eifersucht im Spiel, denn es fallen gelegentlich Namen, die Juan heftig abwehrt. Schließlich wendet sich Manrique mit genervtem Gesichtsausdruck ab und geht zur Bar. Juan bleibt an der Reling zurück und wirkt trotzig. Wie lange wird er das wohl durchhalten, denkt Karl Koller, wer von den beiden gibt zuerst nach? Schließlich folgt Juan seinem Freund an die Bar. Dort überreicht ihm Manrique wortlos ein Glas. Die Sache scheint wieder gut zu sein, aber noch keineswegs ausgestanden.

Unvermittelt kreischen die Leute auf und drängen sich an die rechte Seite des Schiffes. Es gibt tatsächlich Wale zu sehen. Eine kleine Gruppe schwarzer Buckel taucht an der Wasseroberfläche auf, verschwindet wieder, um kurz danach erneut die Reisenden zu erstaunen. Begeisterung und aufgeregte Rufe. Zahllose Fotoapparate schießen verwackelte Bilder. Auch Saskia will sich das Schauspiel nicht entgehen lassen. Die Wassernixe in ihr bricht durch. Sie liebt das Meer über alles und besonders die niedlichen Geschöpfe darin. Bevor sie ihre Kamera richtig zum Einsatz bringen kann, ist das Spektakel jedoch schon vorbei. Außerdem kommt nun die dunkle, massige Kontur von La Gomera in Sicht. Wieder ballen sich die Menschen an der Reling.

Auch Karl Koller lässt sich von der allgemeinen Stimmung anstecken. Gomera bedeutet Neuland für ihn. Er hat in Frankfurt lange gebraucht, um seine Freundin zu diesem Urlaub zu überreden.

»Du schreibst ja doch bloß«, hat sie eingewandt. »Du denkst bloß an dein neues Buch und vergisst alles rings um dich herum. Das soll ein schöner, entspannter Urlaub werden?«

»Ich muss schreiben«, hat er geantwortet. »Ich habe einen Superkrimi im Kopf, einen total genialen Plot. Schließlich ist das mein Beruf.«

»Das hast du schon öfter gesagt«, ist ihr Kommentar dazu gewesen. »Und was ist meistens dabei herausgekommen? Heiße Luft.«

»Du bist unfair und ungerecht. Ich weiß genau, dass es diesmal etwas Großes wird, ich spüre es ganz deutlich.«

Und als sie immer noch skeptisch geblieben ist, hat er hinzugefügt: »Ich verspreche dir: Du wirst auch auf deine Kosten kommen. Ich bin keineswegs so egoistisch, wie du meinst. Wir werden einen guten Mittelweg finden, und es werden tolle Ferien für uns beide werden.«

So hat sie schließlich zugestimmt.

6 Polizeipräsidium Santa Cruz de Tenerife

Kommissar Javier Ortega beendet das unangenehme Telefonat mit dem Staatsanwalt mit einem tiefen Seufzer und blickt auf die Uhr. Die Zeit ist davongerast. Heute läuft mal wieder alles schief...

Er trommelt nervös auf dem Schreibtisch herum, stößt sich mit dem Bürodrehstuhl ab, springt auf, durchquert hastig den Raum und reißt die Tür zum Vorzimmer auf. Das gibt es doch nicht! Mercedes sitzt da und lackiert sich in aller Seelenruhe die Fingernägel. Wenn sie nicht so klug und so hübsch wäre, würde er jetzt einen Wutanfall bekommen. So sagt er nur:

»Schon Feierabend?«

»Seit genau einer Stunde«, antwortet sie und strahlt ihn entwaffnend an.

»Wo bleiben denn unsere beiden Superbullen?« fragt er und vermeidet es, auf ihr Dekolleté zu starren. Sie hat verdammt schöne Brüste und versteckt sie auch nicht.

»Wen genau meinen Sie, *Comisario*? Soweit mir bekannt ist, arbeiten hier nur Superbullen.«

»Acosta und Lorenzo. Die müssten doch längst von Gomera zurück sein.«

»Ach so, die.« Sie pustet ihre Nägel trocken. »Sind sie auch. Sie stecken auf der Autobahn zwischen La Laguna und Santa Cruz im Stau fest. Aber sie müssen bald eintreffen.«

»Und warum rufen sie nicht an?«

»Haben sie. Mehrmals sogar. Sie waren zu sehr beschäftigt, *Comisario*. Ich wollte Sie nicht beim Telefonieren stören.«

Die Frau ist spitze. Ortega schaut erneut auf die Armbanduhr. Teures Teil. Ein Geschenk.

In diesem Moment summt sein Handy. Der Name seiner Frau leuchtet auf dem Display. Mist, er hat die Verabredung mit ihr in der Stadt vergessen! Es geht um die Hochzeit der Tochter und die Vorbereitungen zur bevorstehenden großen Familienfeier. Das kann schlimmer werden als ein Gespräch mit dem Staatsanwalt…

»Können Sie mir Kaffee und ein paar *Bocadillos* bringen lassen? Schinken und Käse!« ruft er über die Schulter zurück, bevor er wieder in seinem Büro verschwindet und die Tür hinter sich zuzieht.

Wie zu erwarten verläuft die Auseinandersetzung mit seiner Frau mit leicht gereiztem Unterton. Er bemüht sich, sachlich zu bleiben. Nur kein unnötiger Streit jetzt. Schließlich steht das Glück der gemeinsamen Tochter auf dem Spiel. Und seine Frau kann nun wahrhaftig nichts dafür, dass er momentan so einen Haufen Scheiße am Hals hat.

Kaum ist die Sache einigermaßen hingebogen, kommt Mercedes mit der bestellten Zwischenmahlzeit herein. Auf ihrem Tablett stapeln sich belegte Brötchen. Außerdem stehen drei Becher Kaffee dabei. Hinter ihr zwängen sich Acosta und Lorenzo ins Zimmer. Acosta wie immer in Schwarz. Lorenzo trägt noch den schicken grauen Anzug, mit dem er vor ein paar Tagen nach Gomera abgereist ist. Nur ist der inzwischen reichlich zerknittert, und das Hemd weist hässliche Flecken auf.

»Was gibt es Neues von der schwarzen Mumie zu berichten?« fragt Ortega und weist mit einer einladenden Handbewegung aufs Tablett. »Nehmt euch Stühle und greift zu, Jungs. Ich meine, falls ihr noch Appetit habt.«

Acosta schüttelt den Kopf und schnappt sich ein Schinkenbrötchen. »Nicht viel, Chef. Die Weißkittel in der Uni haben den Verdacht bestätigt, dass es sich wohl um einen *Mula* handelt. Der Mann wurde aufgeschnitten. Zum Glück ist der Körper nicht völlig verbrannt. Sie haben Gewebeproben entnommen und wollen nun einen DNA-Test machen. Was dabei herauskommt, bleibt abzuwarten. Das Ganze kann ein paar Tage dauern.«

»Dadurch wird der Typ allerdings auch nicht wieder lebendig«, ergänzt Lorenzo. Er grinst albern und beißt herzhaft in ein Käsebrötchen. Mit dem Zeigefinger deutet er auf das Tablett. »Die sind doch nicht etwa alle für uns?«

»Natürlich nicht«, antwortet Ortega und greift seinerseits schnell zu. Noch mit vollem Mund sagt er: »Übrigens haben wir inzwischen eine zweite Leiche. Heute Morgen wurde an einem illegalen Müllabladeplatz bei Montaña Roja, also in unmittelbarer Nähe zum Flughafen und zu Los Cristianos, ein Auto gefunden. Ein Renault Express Kastenwagen. Völlig ausgebrannt, was auf den Einsatz von Brandbeschleunigern hinweist. Ein Unfall ist völlig ausgeschlossen. Der Körper des Opfers befand sich nicht vorn am Steuer, sondern lag hinten auf der Ladefläche. Und wie es aussieht, wird diesmal eine Identifizierung unmöglich sein. Das Feuer hat gründliche Arbeit geleistet.«

Acosta schlürft ungerührt seinen Kaffee, und Lorenzo brummt kauend: »Dann lagen wir also mit der Reifenspur richtig. Es muss der Wagen sein, der auf Gomera im Einsatz war. Sie haben zweimal die Fähre benutzt. Das erste Mal, um dort eine Leiche abzuladen, dann sind sie wieder zurück nach Teneriffa gefahren. Fragt sich nur, um wen es sich bei der zweiten Leiche handelt.«

»Es könnte theoretisch ein weiterer *Mula* sein«, meint Ortega. »Was allerdings wenig logisch erscheint. Sie hätten ja auf Gomera gleich beide erledigen können.«

»Also der Fahrer«, sagt Acosta.

»Oder der Beifahrer bzw. Helfer.«

»Genau. Auf diese Weise wären sie Opfer und Zeuge gleichermaßen losgeworden. Und das Auto mit allen Spuren.«

Lorenzo hat inzwischen seine Jacke ausgezogen. Nun sieht man sein Hemd, es ist reif zum Wegwerfen. Der Mann muss tatsächlich schwer im Einsatz gewesen sein.

»Allerdings ist auch eine völlig andere Variante möglich«, sagt er nachdenklich.

»Und die wäre?« fragt der Kommissar. »Schieß los. Ich bin gespannt auf deine Version.«

»Da ist etwas schiefgelaufen.«

»Inwiefern?«

»Ich tippe auf Bandenkrieg.«

»Kannst du dich bitte genauer ausdrücken?«

»Naja«, sagt Lorenzo, »wir gehen die ganze Zeit von einem Drogenkartell aus. Vielleicht gibt es aber auch zwei, die sich erbittert bekämpfen. Bisher hatten wir es in der Regel mit Kolumbianern zu tun. Sie beherrschen bislang alleine den Markt. Inzwischen drängen die Mexikaner mächtig nach. Sie wollen einen Teil des großen Kuchens abhaben.«

»Stimmt«, wirft Acosta ein. »Jüngste Informationen aus Gran Canaria lassen vermuten, dass das mexikanische Ceta-Kartell mit ins Geschäft einsteigen will.«

»Das würde bedeuten, dass es sich bei dem Vorfall an der Montaña Roja um einen Racheakt handelt...«

»Oder es werden falsche Spuren gelegt, die uns bewusst irreführen sollen.«

»Genau. Wir wissen einfach viel zu wenig über die Fäden im Hintergrund. Die Kerle sind uns stets ein paar Nasenlängen voraus.«

»Interessante Theorie.« Ortega, als er merkt, wie kalt sein Kaffee inzwischen geworden ist, stellt den Becher angewidert zurück auf das Tablett. Er will aufstehen, um bei Mercedes einen frischen zu ordern, lässt sich aber gleich wieder in den Sitz zurückfallen. Zwecklos. Die Fingernägel werden bestimmt trocken und sie längst verschwunden sein. Sie hat schließlich Feierabend und ein Recht darauf. Mit einem Seufzer beendet er das spontane Meeting.

»Geht euch frischmachen, Jungs. Schlaft euch gründlich aus. Wer weiß, was uns morgen erwartet. Ich hab das dumpfe Gefühl, dass das, was wir momentan erleben, erst der Anfang ist. Es kommen sicher noch weitere Überraschungen auf uns zu.«

7 Hafen von San Sebastián de La Gomera

Die Küste von La Gomera ist langsam näher gerückt. Steil, schroff und erstaunlich dunkel ragt die Insel aus dem Meer. Die weißen Häuser von San Sebastián an den Hängen über dem Hafen bilden dazu einen grellen Kontrast. Nun, da die Fähre zum Andocken in den Hafen einläuft, breitet sich Unruhe an Bord aus. Eltern fangen ihre Kinder ein, Touristen schieben sich mit schwerem Gepäck durch die Gänge, und plötzlich wimmelt es nur so von Männern in ölverschmierten Overalls, die Kommandos in ihre Walkie-Talkies schreien. Unten im Bauch des Schiffes brüllen die Motoren von Lastwagen auf. Sie streben durch das Gewühl über eine wacklige Metallbrücke an Land.

Nahe am Kai befindet sich eine geräumige Halle,

in die viele Menschen strömen. Karl Koller bittet seine Freundin, draußen mit dem Gepäck zu warten. «Ich bin gleich zurück«, sagt er und haucht ihr einen Kuss auf die Stirn. Den Rucksack lässt er auf seinen Schultern, damit sie nicht auf zu viele Gepäckstücke aufpassen muss.

Er betritt das Gebäude und versucht, sich im Gewimmel zu orientieren. Es gibt Läden, verschiedene Schalter und eine stark umlagerte Bar. Überall hängen Werbeplakate mit grellbunten Bildern, die Glück und Freude versprechen. Er zwängt sich an den Leuten vorbei. Ganz am Ende der Halle findet er endlich das kleine Büro, von dem Herr Neumann am Telefon gesprochen hat. Das meiste hat er bereits im Vorfeld besprochen. Er ist sicher, dass alles klappt.

Er wird von einer drallen Spanierin mit hart rollendem »r« in der Stimme an einen braungebrannten, rundlichen Herrn mit Halbglatze und Nickelbrille verwiesen, der halb versteckt hinter einem fürchterlich zugemüllten Schreibtisch hockt. Der telefoniert noch, doch als er fertig ist, steht er auf, reicht Karl Koller die Hand und begrüßt ihn überschwänglich wie einen alten Freund.

»Herzlich willkommen auf La Gomera, Herr...«

»Koller.«

»Ja, äh, Herr Koller. Es ist alles bestens vorbereitet, wir wollen schließlich zufriedene Kunden. Ja, also zunächst mal zum Mietwagen. Sie wollten ja ein kleines Fahrzeug. Wir haben da einen roten Citroën C1, nagelneu, gewaschen, vollgetankt und rundum versichert. Er steht da hinten auf dem Parkplatz an der Hafenmauer. Sie brauchen nur noch hier unten zu unterschreiben. Darf ich mal kurz Ihren Führerschein sehen? Vielen Dank.«

Während er das Formular fertig ausfüllt, plaudert er pausenlos weiter. »Am Ende des Urlaubs tanken Sie wieder voll. Alles klar? Wunderbar. Sind Sie zum ersten Mal auf La Gomera? Ich bin sicher, die Insel wird Ihnen gefallen. Ihre Kreditkarte?« Er hackt Zahlen in den Taschenrechner, nimmt die Karte entgegen, führt sie in das Lesegerät, reicht sie wieder zurück.

»Und nun zu den Ferienhäusern. Sie wollten ein kleines, zudem abgelegen in der Natur?«

»Ich will in Ruhe arbeiten. An einem Buch schreiben.«

»Ach, das ist ja interessant... Nun ja, Sie müssen es wissen. Des Menschen Wille ist schließlich sein Himmelreich, sagt der Volksmund. Also, was haben wir da...«

Er dreht den Bildschirm in Karl Kollers Richtung und tippt auf der Tastatur herum, bis endlich die gewünschten Fotos erscheinen.

»Das hier ist mein Favorit, etwas ganz Besonderes, einmalig auf der Insel und das zu einem Spottpreis. Es liegt weitab vom Trubel im schönsten Teil Gomeras, im Barranco de Pastrana. Überzeugen Sie sich selbst. Eingebettet in Palmen, keine Nachbarn, nur Natur und paradiesische Ruhe. Die Straße dorthin ist etwas gewöhnungsbedürftig, das gebe ich zu. Die EU-Gelder fließen nicht überall gleichmäßig hin. Aber wenn Sie langsam fahren, wird es schon gehen. Hier ist eine Straßenkarte. Wo der rote Punkt eingezeichnet ist, liegt es. Es hat die Hausnummer 12. Sie werden es leicht finden.«

Der Mann geht ihm allmählich auf den Wecker. Er scheint kaum Luft zu holen beim Reden. Quasselt schon weiter:

»Und dann gibt es noch dieses andere hier. Sehr verwegen, sehr ausgefallen. Im Barranco de Erque. Kann man eigentlich niemandem anbieten. Aber Sie haben ja ausdrücklich etwas verlangt, was nicht ganz dem üblichen Geschmack entspricht. Es ist sehr spartanisch eingerichtet, dafür macht die Umgebung alles wieder wett. Die Straße nach dort war früher in einem erbärmlichen Zustand, aber inzwischen ist sie asphaltiert. Glatt wie ein Kinderpopo. Sie hört kurz vor dem Haus an einer Aussichtsplattform auf. Also kein Durchgangsverkehr. Ich habe die Strecke bis zum Mirador auf der Karte markiert. Von dort führt eine Treppe zum Haus runter. Danach kommt nur noch Wildnis. Wie finden Sie es?«

Karl Koller starrt fasziniert auf das Foto. Sein Herz tut einen Sprung. Genau das hat er gesucht, vielleicht schon immer davon geträumt. Ein kleines weißes Haus mit getünchten Natursteinmauern, ein winziger Anbau aus Holz und Glas. Das Ganze klebt auf einer sonnenüberfluteten Terrasse hoch über der Schlucht. Ringsum Kakteen. Es sieht aus wie eine Postkarte aus Peru.

»Lesen Sie mal den Namen auf der Hauswand«, schwatzt Herr Neumann weiter. »Es heißt Villa Esperanza. Auf Deutsch: Hoffnung. Ein passender Name, finden Sie nicht?«

Karl Koller ist verwirrt und unschlüssig. Beide Häuser sind schön. »Kann ich mir beide Objekte mal ansehen, bevor ich mich endgültig entscheide?« fragt er.

Herr Neumann strahlt wie ein Honigkuchenpferd und ist voll in seinem Element. »Aber natürlich geht das. Die Häuser stehen leer im Moment. Es ist Nebensaison und die meisten Gäste wollen nun mal direkt am Meer wohnen. So dicht wie möglich am Strand, sozusagen mit den Füßen im Wasser. Sie verstehen?«

Er versteht. Saskia liebt das Meer. Strand, Steine und Muschelsuchen. Baden, tauchen, schnorcheln. Sie liebt das Element Wasser in jeglicher Form. Sie trinkt ständig Unmengen davon, kauft überall kleine, durchsichtige Plastikflaschen. Ein Fisch muss schwimmen, sagt sie lachend als Begründung. Sie ist im Sternzeichen Fische geboren. Sie fotografiert gern Schiffe, träumt von Kreuzfahrten in die Karibik oder die norwegischen Fjorde. Ihretwegen haben sie auch die genießerisch langsame Armas-Fähre von Teneriffa nach La Gomera gewählt. Auf dem Sonnendeck des Lebens…

Und jetzt der krasse Gegensatz. In die Berge. Wird sie auf dem Land überhaupt überleben können? Hitze, Trockenheit überstehen, die Lavaglut der Vulkane? Seine Welt.

So ist Karl Koller einen Moment lang geistig abwesend, was Herr Neumann negativ auslegt, und darum plaudert er atemlos weiter:

»Also wenn Sie möchten, gebe ich Ihnen von beiden Häusern die Schlüssel mit. Sie können dann jeweils kurz probewohnen. Wenn Sie sich für eines entschieden haben, machen wir den Vertrag und rechnen für die gesamte Zeit ab. Zwei Wochen, sagten Sie? Überhaupt kein Problem. Ist das ein Angebot? Ich nenne das Kulanz. Sie müssten allerdings dann nochmal kurz in meinem Büro vorbeikommen. Ich habe fürchterlich viel zu tun, komme einfach nicht weg. Aber Sie können mich jederzeit telefonisch erreichen. Sie haben ein Handy? Wunderbar. Dann ist ja alles paletti.«

Karl Koller nickt verwirrt. Er fühlt sich überrumpelt, gleichzeitig aber auch auf sonderbare Weise erregt. Beide Häuser sind unglaublich schön und gut für sein Vorhaben geeignet. Hier wird er in aller Ruhe an seinem Buch arbeiten können. Egal, was Saskia dazu sagt – er stimmt zu und lässt seinen Personalausweis als Pfand bei Herrn Neumann zurück.

Mit einem guten Gefühl verlässt er die Halle. Die Kaianlage ist inzwischen fast menschenleer geworden. Saskia sitzt auf den Koffern, sie wirkt verloren. Schön wie eine seltene exotische Blume sieht sie aus. Sie hält ihr Gesicht der Sonne entgegen, hat die Augen geschlossen und scheint zu träumen. Oder träumt er?

»Hat alles so geklappt, wie du es dir vorgestellt hast?« fragt sie, als er bei ihr ankommt.

»Besser als ich dachte«, antwortet er. »Du wirst überrascht sein! Bleib noch einen kurzen Augenblick hier. Ich hole das Auto, und dann geht es los. Das große Abenteuer wartet auf uns!«

»Da bin ich aber gespannt. Übrigens habe ich inzwischen Hunger. Wir könnten mal was essen gehen.«

Dass sie immer im falschen Moment ans Essen denken muss, denkt er, und spürt einen leicht bitteren Geschmack in sich aufsteigen. Muss wohl an den bescheuerten Tabletten liegen. Aber das geht rasch vorüber. Er steckt sich eine Zigarette an und geht das Auto suchen. Keine Rose ohne Dornen. Man muss ab und zu Kompromisse eingehen, wenn man sein Ziel erreichen will...

8 Valle Gran Rey, La Gomera

Juan und Manrique sind überwältigt vom Zauber der Insel. Sie haben einen weißen Seat Ibiza gemietet. Manrique fährt im Gegensatz zu seiner sonstigen Gewohnheit betont langsam, damit Juan vom Auto aus Fotos machen kann. Gomera präsentiert sich ihnen in faszinierender Schönheit. Die Straße schlängelt sich in wilden Kurven und Kehren durch eine atemberaubende Landschaft. Die Vulkane sind alt, uralt sogar, ihre Kraft ist seit Millionen von Jahren erloschen. Und doch scheinen sie immer noch Hitze auszustrahlen. Wind und Wetter hatten genügend Zeit, aus ihrer ursprünglichen Form eine bizarre Bergwelt zu falten und mit üppiger Vegetation zu überziehen. Palmen, überall Palmen, Agaven, Kakteen, kugelförmiges Buschwerk und Blüten unbekannter Gewächse.

»Stopp mal eben, da kommen Ziegen von rechts über die Straße. Jede Menge Ziegen! Sie kommen direkt aus den Bergen. Ist das nicht irre?« ruft Juan begeistert.

Er lässt per Knopfdruck das Fenster herunter und zwängt seinen Oberkörper nach draußen, um Fotos zu schießen. Es handelt sich um eine gewaltige Herde, die da quer über die Fahrbahn zieht. Die Tiere haben es überhaupt nicht eilig. Eher gemächlich springen sie umher, knabbern unterwegs Sträucher am Straßenrand. Einige verschwinden links in der steilen Schlucht, andere verharren unentschlossen auf dem Fahrdamm. Ein paar Jungtiere veranstalten Wettkämpfe, springen sich aufbäumend gegeneinander und knallen mit gesenkten Schädeln und Hörnern zusammen. Das Klappern und Bimmeln der Halsglocken will nicht abreißen, ein melodisches Konzert.

Manrique hat den Motor abgestellt, sich eine Zigarette angesteckt und beobachtet rauchend das ungewohnte Szenario. Er merkt, dass ihm allmählich das Zeitgefühl abhanden kommt. Zeit ist etwas sehr Relatives. Was er sieht, macht ihn schwindelig und lässt seine Empfindungen auf unbeschreibliche Weise tanzen.

Er steigt aus und späht über den unbefestigten Straßenrand. Über grüne Terrassen fällt das Gelände rasant zum Meer hinab. Unten der Atlantik, tiefgründig blau und vom Wind millionenfach zerfurcht und gekräuselt. Jenseits des Meeres liegt die Steilküste Teneriffas. Der Teide, mächtig und schwarz mit einer Haube aus Schnee, schiebt sich weit in den Himmel hinein. Nur eine einzige weiße Wolke klebt wie eine Halskrause an seinen Schultern, bewegt sich keinen Meter und scheint an dem Vulkan festgenagelt zu sein.

Um von San Sebastián ins Valle Gran Rey zu gelangen, müssen sie die ganze Insel durchqueren. Laut Straßenkarte gibt es dafür zwei Möglichkeiten. Die Nordstrecke und die südliche Route, die durch Gebirge führt, am Roque de Agando, dem heiligen Berg der Ureinwohner, vorbei. Sie werden sich viel Zeit nehmen, um die ungewohnten Eindrücke wirken zu lassen. Die netten verschlafenen Dörfer zum Beispiel mit ihren herausgeputzten Häusern, den Blumen und Gärten dazwischen. Zutrauliche Katzen, freundliche Hunde und Männer, die in verschwitzten Hemden aus Allrad-Pickups steigen. Jeder kennt jeden, grüßt mit rauem Zungenschlag. Auch sie, die unbekannten Fremden auf der Durchreise, werden bedacht. Eine schwarz gekleidete Frau sitzt vor ihrem winzigen Haus, klöppelt geschickt mit knochigen Fingern ein Spitzendeckchen und blinzelt kurz unter dem tief in die Stirn gezogenen Hut aus Palmstroh hervor, als sie vorbeigehen.

Sie betreten neugierig einen halbdunklen Mini-Supermarkt, in dem es nach Desinfektionsmitteln und anderen undefinierbaren Dingen riecht. Juan trägt den Einkaufskorb und möchte sofort alles Mögliche einladen. Doch Manrique hält ihn zurück.

»Im Urlaub koche ich auf keinen Fall«, sagt er. »Es gibt jede Menge interessanter Tascas und Restaurants hier. Da lassen wir uns lieber bedienen. Das gönnen wir uns.«

Also kaufen sie bloß Kleinigkeiten ein. Wasser und eine Flasche Rotwein, Zigaretten und ein paar Kekse für unterwegs. Aus reinem Spaß auch eine der lokalen Zeitungen und Ansichtskarten.

»Wem willst du denn schreiben?« fragt Manrique und bemüht sich, nicht eifersüchtig zu wirken.

Sofort reizt ihn Juan mit einer Reihe von Namen. Sie streiten sich eine Zeitlang darüber, aber nicht wirklich ernsthaft. Die hässliche Auseinandersetzung auf Teneriffa liegt beiden noch wie ein Schatten auf der Seele. Juan ist für Manrique der Traumpartner. Er will den Jungen auf keinen Fall verlieren. Nachher in den Bergen überwiegt wieder das ungetrübte Glück.

Im Valle Gran Rey angekommen und erneut berauscht vom grandiosen Bergpanorama, checken sie im Playa Calera ein, dem einzigen Vier-Sterne-Hotel vor Ort. Manrique ist stolz, dass er mit dieser Wahl seinen jungen Geliebten beeindrucken kann. Die Suite ist geräumig, elegant ausgestattet und bietet einen fantastischen Blick aufs Meer. Sogar vom Bett aus, das auf einem Podest steht und über eine teppichbezogenen Treppe zu erreichen ist. Auch die übrige Ausstattung des Hotels lässt nichts zu wünschen übrig. Das fängt mit der Lounge an, die von einem roten Ledersofa dominiert wird, bis hin zum Pool. Die hölzerne Liegeterrasse auf dem Dach lässt einen Rundumblick auf Meer und Berge zu, so dass der Eindruck entsteht, man befinde sich auf dem Deck eines Kreuzfahrtschiffes.

Sie besichtigen alles, auch das Restaurant und die Bar, beschließen aber, heute lieber auswärts zu essen. In einer urigen Taverne am Strand finden sie, was sie sich vorstellen. Langusten, Salat, gegrillte Dorade, lokalen Weißwein und Wasser, später zum Dessert *Bienmesabe* und *Barraquito*. Juan strahlt verzückt und ist sichtlich zufrieden. Wie Manrique versteht er es zu genießen. Und so ist es auch kein Problem, dass sie den Besuch der Playa del Inglés auf den nächsten Tag verschieben, es ist ohnehin zu spät zum Baden. Sie haben ja das ganze süße Leben noch vor sich.

Sie beschließen stattdessen, einen ausgedehnten Spaziergang am Meer entlang nach Vueltas zu machen. Hand in Hand schlendern sie über die Strandpromenade. Sie besichtigen Boutiquen und Schmuckläden, kaufen Souvenirs ein, unter anderem ein Goldkettchen mit Lavaperlen für Juan. Die meisten anderen Läden sind uninteressant für die beiden. Zu viel Esoterik. Es wimmelt von Bioprodukten, Seidenschals, Büchern für Lebenshilfe. Das ganze Spektrum von Oshi Medi, Qi Gong, Ikebana und Chakra-

Sound breitet sich vor ihnen aus. Nach all dem herrscht im Valle Gran Rey offenbar große Nachfrage, denn die geballte Transzendenz wird in jedem zweiten Geschäft angeboten. Juan und Manrique gönnen sich stattdessen lieber einen sündhaft teuren Cognac in einer Edelbodega und genießen den Zauber des späten Nachmittags.

»Ich glaube, wir müssen uns jetzt beeilen, wenn wir noch rechtzeitig den Sonnenuntergang bei der Casa Maria erleben wollen«, sagt Manrique.

»Warum gerade da?«

»Weil er da legendär ist.«

Manrique hat das in einem Reiseführer gelesen. Wenn man schon im Valle Gran Rey ist, dann muss man einfach zur Casa Maria.

Tatsächlich drängen sich dort bereits viele Leute. Sie ergattern gerade noch freie Sitzplätze und lehnen sich entspannt an die Hauswand. Und plötzlich werden sie Teil einer riesigen pulsierenden Amöbe. Die Straße vor der Bar füllt sich immer mehr. Auf dem gesamten Platz sammeln sich Menschen. Die Mauer zum Strand ist bereits dicht besetzt. Die Sonne steht nur noch zwei Handbreit über dem Horizont und schickt sich an, im Meer zu versinken. Schon färbt ihr Abglanz den Wasserspiegel gelbrot. Eigentlich ein ganz normaler Sonnenuntergang, wie er jeden Abend überall stattfindet, aber hier im Valle Gran Rey nimmt er mystische Züge an, wird zum Akt kollektiver Verzückung. Ein religiöses Ereignis wird gefeiert.

Sie stehen auf, wie auch ihre Tischnachbarn ringsum, um besser sehen zu können. Zahlreiche Hippies aus der Schweinebucht haben sich eingefunden. Auf dem Strand unten schlagen sie in rasendem Rhythmus ihre Agavenholz-Trommeln. Junge Frauen in Wickelröcken beginnen zu tanzen, wiegen sich im Takt der Trommeln, strecken die Arme über die Köpfe und führen mit geschlossenen Augen schlangenartige Bewegungen aus. Wildbärtige Berggorillas aus längst vergangenen Zeiten stimmen brummend indische Mantras an, das große, heilige Om, bei dem jeder, der Lust hat, mitsingen darf. Ein hagerer Asket im Poncho bläst frenetisch ein Muschelhorn.

Jetzt gleitet die Sonne vollends ins Wasser und färbt es Dunkelorange. Es sieht aus, als quelle ein riesiges Spiegelei in den Atlantik. Die Stimmung geht in Ekstase über. Halbnackte Männer werfen brennende Fackeln in die Luft, jonglieren mit Feuer, auch ein Feuerspucker ist dabei. Eine junge Frau auf der Straße verschafft sich mit außer Kontrolle geratenen Sprüngen Raum in der Menge. Sie hat verzückt den Kopf in den Nacken geworfen und schleudert den Umstehenden ihre Hennarot gefärbten Haarzotteln in die Gesichter. Ein Barfußapostel neben Juan fängt mit in sich gekehrtem Blick lautlos zu beten an. Seine Lippen bewegen sich unentwegt.

Inzwischen ist die Sonne gänzlich im Meer versunken. Nur ein schwacher Abglanz von ihr bleibt auf den Wellen zurück. Die Zeremonie vor der Casa Maria und am Meeressaum indes geht in unverminderter Intensität weiter. Es ist die Stunde der Gaukler, der Akrobaten und Tänzer, der weltentrückten Propheten, der exhibitionistisch veranlagten Mädchen. Jeder findet an diesem Ort die richtige Bühne für seinen Auftritt. Erste Lagerfeuer entflammen am Strand, um die sich Grüppchen sammeln. Die Normaltouristen lösen sich aus ihrer Erstarrung. Man muss allmählich dafür sorgen, dass die Kleinkinder ins Bett kommen.

»Na, habe ich dir zu viel versprochen?« fragt Manrique.

»Genial. Wirklich beeindruckend, so viele Verrückte auf einem Haufen«, gibt Juan zur Antwort.

»Sowas gibt es nur einmal auf der Welt. Hier im Valle Gran Rey vor der Casa Maria. Gefällt dir unser Urlaub?«

»Und wie!« strahlt Juan. »Den werde ich nie vergessen.«

»Freut mich. Ich hoffe, es wird nicht unser letzter bleiben.«

»Ganz bestimmt nicht«, versichert Juan und küsst seinen Freund zärtlich auf die Wange.

9 Benchijigua, La Gomera

José Ferrera besitzt unterhalb des winzigen Weilers Lo del Gato, der lediglich aus ein paar verstreut liegenden Häusern besteht, eine Cannabis-Plantage. Eigentlich handelt es sich bloß um ein kleines Feld, das versteckt zwischen Kakteen und Agaven liegt. Die Erträge reichen gerade so aus, um seinen Lebensunterhalt zu decken. Er verschenkt das »*Yerba Buena*«, wie er die Pflanzen liebevoll nennt, an Freunde, die Jungs von Pastrana, und raucht es regelmäßig in seiner Pfeife.

Er durchstreift gern die Natur, besonders das Gebiet von Benchijigua unterhalb des Roque de Agando, kennt dort nahezu jeden Winkel. Er besitzt kein Auto, hat nicht einmal einen Führerschein und verlässt nur selten den Barranco. In Playa de Santiago ist er zuletzt auf der Fiesta vor drei Monaten gewesen, und das nur als Randfigur. Er gilt als Sonderling, meidet in der Regel den Kontakt mit anderen und kauft selten ein. Das besorgt Ines für ihn. Die hat ein Fahrzeug, ein Handy und anderen modernen Kram und wohnt in einem richtigen Haus. Ines ist der einzige Mensch, auf den José sich richtig verlassen kann, eine echte Freundin. José Ferrera ist mit seinem Leben zufrieden. Sein Hund, fünf Katzen und der *Pajar*, in dem er haust – das reicht ihm, das ist seine kleine, geordnete Welt.

Heute ist er den ganzen Tag über unterwegs gewesen, hat ein paar Kräuter gesammelt, etwas *Yerba Buena* auch, trägt es in seiner ledernen Umhängetasche. Auf dem Pfad zum Agando hat er zwei Leute getroffen, einen Mann und eine Frau. Modisch gekleidete Touristen, offenbar Wanderer, die ihn angesprochen haben. Aber mit fremden Zungen. Er hat kein Wort verstanden von dem, was sie wollten, aber freundlich genickt und mit der Hand in Richtung des Berges gezeigt. Dann ist er weitergegangen. Seltsam, was diese Touristen so treiben. Offenbar haben sie viel Zeit und viel Geld und nichts anderes zu tun als durch die Landschaft zu laufen…

Als sie außer Sichtweite waren, hat er sich auf einen Felsbuckel gesetzt, seine Pfeife aus der Tasche geholt, sie gestopft und geraucht. Benchijigua ist eine ruhige Gegend. Man hört nichts außer den Stimmen des Windes und dem schrillen Keckern der Falken. Wenn sie pfeilschnell in der Luftströmung segeln, sind sie still. Stehen sie, mit den Flügeln rüttelnd, in der Luft, haben sie eine Eidechse als Beute erspäht. Dann klingen ihre Kehlen aufgeregt. Die Eidechsen hören nichts. Sie reagieren nur auf Schatten, und die Falken sind schnell.

José Ferrera blickt zum Agando, dem heiligen Berg seiner Vorfahren. Hier haben sie schon immer gelebt, lange bevor die Spanier als Eroberer kamen und anfingen, die Insel nach ihrem Geschmack zu verändern. Hier haben sie am Fuße des hohen Berges, der wie ein riesiger schlafender Kopf aussieht, Opfer gebracht und die Götter um ihre Gunst angefleht. Wie viel hat sich seitdem geändert…

Er denkt über die Ereignisse der letzten Zeit nach, den schrecklichen Fund in der Viehtränke. Das grausige Bild will nicht aus seinem Gedächtnis weichen. Ein Frevel war das. So etwas darf es nicht geben. Kein Mensch hat das Recht, einen anderen zu töten. Schon gar nicht auf diese Weise. José spuckt den schlechten Geschmack aus, der sich in seinem Mund angesammelt hat.

Chico, sein Hund und bester Freund, liegt im Schatten zu seinen Füßen und scheint zu träumen. Ob ihn wohl ähnliche Bilder heimsuchen wie ihn selbst? Wohl kaum. Chico hat eine gute Seele. Er bellt niemals grundlos. Auch die Touristen hat er nicht angekläfft, sondern still und aufmerksam abgewartet, was passiert. Und da sein Herrchen nicht aufgeregt gewesen ist, ist auch er völlig *tranquilo* geblieben.

José Ferrera bläst eine letzte Rauchwolke in die Luft und betrachtet geruhsam die zerklüfteten Berge. Jetzt, da das Sonnenlicht seitlich fällt, zeichnen die Schatten deutlich die Konturen der Schluchten nach. Auch die Höhlen treten als dunkle Flecken hervor. Er kennt sie nahezu alle, hat in manchen von ihnen Tonscherben gefunden, Spuren uralter Besiedlung. Ein paar davon mit besonders schönen Mustern hat er mit nach Hause genommen. Sie liegen in seiner Schatztruhe verwahrt, der *Caja*, ein Erbstück seiner Eltern. Und die haben sie schon von seinen Großeltern geerbt. Er kann sich kaum noch an sie erinnern. Sie sind Bauern gewesen, haben Getreide angebaut und es im Steinkreis gedroschen. Nun liegen die Terrassen brach, von Gestrüpp und Kakteen überwuchert, und José Ferrera kann sich nicht aufraffen, sie zu reinigen und wieder in Betrieb zu nehmen. Seine winzige Plantage reicht ihm zum Leben.

Obgleich seine Augen alt und schwach geworden sind, erkennt er plötzlich eine Bewegung im Gelände. Etwas rührt sich da, etwas, das größer ist als ein Tier. Er legt die rechte Hand schützend über die Brauen und bemüht sich, trotz der Entfernung mehr zu erkennen.

Ja, es sind Gestalten dort am Berghang. Mehr lässt sich nicht ausmachen. Die Wanderer von vorhin können das nicht sein, es führt kein gangbarer Weg dorthin. Das Gelände ist viel zu steil. Das hat ihn bisher auch davon abgehalten, die Gegend aufzusuchen. Und trotzdem sind da Menschen unterwegs. Es beunruhigt ihn. Er reckt den Hals, zieht seinen Strohhut tiefer ins Gesicht und beobachtet weiter. Die Gestalten bewegen sich. Ganz langsam gehen sie, scheinen etwas Schweres zu tragen und kaum von der Stelle zu kommen. Was machen sie, was wollen sie da? Es hat etwas zu bedeuten…

José Ferreras Sinne sind angespannt. Nach dem Fund der Leiche ist er hellwach und vorsichtig geworden. Was soll er tun? Er ist nicht gut auf die Polizei zu sprechen, vermeidet ein Zusammentreffen mit den Uniformierten lieber. Neulich dieses Verhör war für ihn schon mehr als genug. Gut, dass Ines dabei gewesen ist. Sie hat ihn mit dem Auto nach Santiago gebracht, und während die Polizisten ihm das Protokoll vorgelesen und tausend blöde Fragen gestellt haben, hat sie in der Polizeistation draußen vor der Tür gewartet. Er erinnert sich mit Unbehagen an die Sache. Die ganze Zeit über hat er an die Plantage denken müssen und hoffen, dass sie nicht auf die Idee kämen, ihn darauf anzusprechen. Schweißnass ist er gewesen, als er danach wieder in der Sicherheit von Ines' Auto gesessen hat.

Soll er das, was er gerade gesehen hat, melden? Hat das Ganze überhaupt eine Bedeutung? Er ist unschlüssig. Er überlegt hin und her. Aber einfach wegschauen geht auch nicht. Vielleicht steht das ja in einem Zusammenhang mit dem Mord... Vielleicht spielt sich schon wieder etwas Schlimmes, Unfassbares in seiner sonst so ruhigen, vertrauten Umgebung ab...

Er verlässt seinen Aussichtspunkt und beginnt den Rückweg nach Pastrana. Chico springt sofort auf und begleitet ihn. José Ferrera geht, so rasch er kann. Er muss Ines finden und die Angelegenheit in Ruhe mit ihr besprechen. Sie weiß bestimmt Rat. Er allein kann das nicht entscheiden. Vielleicht wird sie seine Sorge als grundlos empfinden. Oder ihn für überspannt und verrückt halten. Nein. Das wird sie nicht. Sie versteht ihn, zwischen ihnen herrscht Vertrauen, sie ist seine Freundin. Er muss mit ihr reden. Er muss sie finden. So schnell wie möglich. Hoffentlich ist sie da...

10 Barranco de Pastrana, La Gomera

Ausnahmsweise findet sie einmal keinen Grund zum Mäkeln und Meckern. Im Gegenteil. Saskia ist begeistert von dem schmucken kleinen Anwesen, das sich weitab von den übrigen, verstreut liegenden Häusern Pastranas, von Palmen umsäumt an den Berg schmiegt.

»Was für herrliche Blumen!« ruft sie. »Schau mal: Bougainvillea, Geranien in allen Farbtönen, Gänsedistel und dort sogar ein *Drago*, ein Drachenbaum. Wusstest du, dass das eigentlich gar kein Baum, sondern eine fast ausgestorbene Agaven-Art aus der Urzeit ist?«

Weiß er nicht, ist ihm auch ziemlich egal.

Sie plappert unentwegt weiter: »Und da, eine riesige Baumheide. So groß habe ich noch nie ein Exemplar gesehen. Und Gold-Anemonen! Das da müssen Orchideen sein, wahrscheinlich endemisch. Viele Arten sind hier endemisch, mehr als dreihundert verschiedene Pflanzen, die nur auf den Kanaren vorkommen. Stell dir das mal vor!«

Er ahnt: Nun wird sie pausenlos fotografieren. Na, wenigstens ist sie dann zufrieden und ruhig.

Unterwegs hat sie ständig gezetert, die elende Nervensäge. Über den bedenklichen Zustand der Straße und dass er für ihren Geschmack viel zu schnell gefahren sei, dass er den schönen neuen Wagen aufsetzen oder zu Schrott fahren würde. Dass das Feriendomizil viel zu weit weg vom Strand läge und zu einsam und so weiter, und so weiter.

Karl Koller hat auf all das nichts erwidert, nur mit den Backenknochen gemahlen und ist verbissen noch schneller gefahren. Scheiß Leihwagen. Ist ihm doch egal, wenn die Karre das bisschen Steigung nicht schafft oder irgendwo aufkommt. Wenn die Ziege doch endlich mal die Klappe halten würde. Ihr Gequatsche geht ihm enorm auf den Geist.

Und dann sind sie am Ende des Weges auf einen prachtvollen Palmenhain gestoßen, haben einen Schattenplatz für das Auto gefunden und mit der Suche nach dem Haus begonnen. Eine Art Treppe aus grob gefügten Lavabrocken führt zwischen Buschwerk, Kakteen, Datura-Gewächsen mit überdimensionalen Blüten und anderen seltsamen Wildblumen in Serpentinen hoch.

Das Haus ist klein, besteht aus einem einzigen Wohnraum unten mit offener Küche und Grill davor sowie Toilette und Dusche und einer überdachten Pergola. Links neben dem Haus gelangt man über weitere Treppenstufen zum aufgesetzten zweiten Stockwerk. Ebenfalls ein einziges Zimmer, aber mit mehreren Fenstern und einem fantastischen Blick. Dann eine weitere Terrasse mit Liegen, einem Tisch und zwei Stühlen. Insgesamt ist alles ziemlich spartanisch eingerichtet. Billige Möbel, ein französisches Bett, ein aus Blocksteinen und Holzbrettern selbst gebauter Schrank in der Ecke, ein weiterer Tisch und einige Ikea-Stühle. Mehr nicht, aber durchaus ausreichend für die Bedürfnisse eines kurzen Urlaubs.

Saskia inspiziert alles gründlich und ist mit ihrer Untersuchung zufrieden. Nun müssen sie noch zwei Mal zum

Auto runter, um die Koffer und den Rucksack zu holen und die Plastiktüten mit den Lebensmitteln und Getränken. Sie haben im *Supermercado* von Playa de Santiago eingekauft und sind mit dem absolut Notwendigen ausgestattet. Es müsste für die erste Zeit reichen.

Karl Koller richtet sich notdürftig eine Fensternische als Arbeitsplatz ein. Das heißt, er stellt seinen Laptop auf. Blöd nur, dass sich die Küche unten befindet. Man muss für jedes Bier, jeden Wein außenherum nach unten zum Kühlschrank laufen.

Direkt schreiben will er vorerst nicht, höchstens Ideen sammeln und ein bisschen im Internet surfen, wenn er hier überhaupt Netz hat. Er macht den Wein auf, trinkt gleich aus der Flasche. Er hat sich einen Stuhl ans Fenster gezogen, die Füße hochgelegt, und dreht sich zur Entspannung einen Joint. Ihr bietet er nichts davon an.

Sie macht sich aus Drogen nicht viel, lehnt nahezu alles ab. Nicht aus Überzeugung, sondern aus gesundheitlichen Gründen. Angeblich bekommt es ihr nicht. Naja, ein bisschen spießig ist sie in dieser Beziehung schon, trotz ihres aufreizenden Äußeren. Einmal hat sie mit ihm eine Linie Koks gezogen, und sie haben daraufhin ekstatisch gevögelt. Danach wollte sie aber nichts mehr davon. Meinte, es ginge nichts über Echtzeit. Sie sei von Natur aus geil genug (was ja auch stimmt) und brauche keinen zusätzlichen Kick. Egal, das ist eben ihre Sache.

Wo steckt sie überhaupt? Liegt sie zum Sonnen auf der Terrasse, hantiert sie unten in der Küche herum?

Weder noch, stellt er fest, als er nachsehen geht. Ach ja, fällt ihm ein – sie wollte ja draußen im Gelände Pflanzen fotografieren. Macht sie überall, wo sie ist. Sie hätte

Gärtnerin oder Biologielehrerin werden sollen und nicht Stewardess. Immerhin arbeitet sie nicht stupide in einem langweiligen Büro. Kann sich Karl Koller auch nicht im Entferntesten vorstellen. Er lacht glucksend. Sie braucht immer eine Bühne, um ihren makellosen Körper zur Schau zu stellen. Ein Wunder, dass sie nicht schon längst ein Flugkapitän abgegriffen hat. Die ziehen doch alles ins Bett, was sie erwischen können, die überbezahlten Arschlöcher in ihren schmucken Uniformen.

Naja, wie auch immer. Wenigstens quatscht sie ihm jetzt nicht mehr die Ohren voll. Endlich Ruhe. Der Wein schmeckt nicht schlecht und der zweite Joint noch besser. Er spürt eine tiefe, wohltuende Stille in sich aufkommen. Liegt wohl an der Landschaft...

Er steht auf der Terrasse und betrachtet alles ausgiebig. Kein Auto, kein Flugzeug, keine Touristen, so gut wie keine störenden Geräusche. Nur das leise Rauschen des Windes in den sich wiegenden Palmblättern. Vogelgezwitscher. Das Summen von Bienen. Von fern kräht ein Hahn am helllichten Tag.

Karl Koller fühlt sich zufrieden. Der gesamte Ballast der Stadt ist von ihm abgefallen, das verrückte Frankfurt mit seinen hektischen Zombies. Das dämliche Reisebüro, in dem er jobben muss, um als erfolgloser Schriftsteller nicht ganz zu verhungern. Wenigstens kommt er dadurch günstig an Flugreisen ran und kann kostenlos telefonieren.

Auf diese Weise hat er auch Saskia kennengelernt. In einer Hotelbar auf Ibiza. Sind beide gut drauf gewesen an diesem Abend. Es war exakt der richtige Zeitpunkt. Für sie, weil sie gerade eine unglückliche Beziehung beendet hatte und seit Wochen sexuell auf dem Trockenen saß. Und für ihn, weil er offenbar genau der Typ von Mann war, auf den sie stand. Er hatte zuvor im Zimmer ein bisschen gekokst, war aufgedreht und hatte geredet wie ein Buch, wobei zugegebenermaßen die meisten seiner klugen Sätze aus einem Roman stammten, den er zuvor gelesen hatte. Aber das wusste sie an diesem Abend nicht, und er verriet ihr auch später sein unschlagbares Erfolgsgeheimnis nicht. Jedenfalls törnten sie seine tollen Bonmots an. Und ihn ihre Figur, die Augen, die langen kastanienbraunen Haare, einfach alles. So landeten sie später dann in seinem Zimmer und zelebrierten den Sex wie ein gepflegtes Zehngänge-Menü bis zum frühen Morgen.

Danach trafen sie sich öfter. Nicht regelmäßig, aber heftig. Versicherten sich, keine feste Beziehung eingehen zu wollen und nicht über Liebe zu reden. Lieber eine lockere Liaison mit endlosem Genießen. Und das lief durchaus gut. Jedenfalls am Anfang.

Aber dann war sie häufiger und unerwartet weg - ihr Dienstplan erforderte das - und Eifersucht schlich sich bei ihm ein wie ein hässlicher Schatten. Wo war sie dann, mit wem verbrachte sie ihre Nächte, wenn sie unterwegs war in fernen Ländern und allein in irgendwelchen Hotels? Mit welchen Männern außer ihm schlief sie noch? Sie behauptete zwar, da laufe nichts, absolut nicht das Geringste. Aber konnte er einer Frau, die so scharf aussah und sich gern aufreizend anzog, das glauben?

Zumindest versuchte er es. Aber wenn er einsam in seinem Einzimmerapartment im Bett lag, spielten seine Gedanken verrückt. Er stellte sich alle möglichen Situationen vor. Als Schriftsteller besaß er schließlich genug Fantasie, um sich Entsprechendes auszumalen. Wenn sie dann später wieder zusammen waren, wagte er nicht, sie darauf anzusprechen. Beobachtete sie nur, belauerte ihre Reaktionen, wenn das Thema dann doch in diese Richtung lief. Manchmal gab es auch Szenen. Urplötzlich brach dann Wildheit in ihm durch. Auch bei ihr. Einmal prügelten sie sich sogar deswegen.

»Merk dir, ich bin nicht dein Eigentum!« hatte sie geschrien. »Bilde dir bloß nicht ein, du könntest mich kontrollieren. Wenn du glaubst, ich ficke wahllos mit jedem herum, dann ist das dein Problem und nicht meins!«

»Und? Tust du es, fickst du herum?« hatte er zurückgebrüllt.

»Na klar, wenn du es unbedingt wissen willst: beinahe bei jedem Flug. Das ist meine Natur. Was geht es dich an?«

Da hatte er ihr eine reingehauen. Nicht übermäßig heftig, aber genug, dass sie Nasenbluten bekam. Ganz still war sie danach geworden. Hatte geweint, sich mit gesenktem Kopf in eine Ecke verzogen und die Arme um die Knie geschlungen. Das hatte ihn mehr berührt, als er dachte. Und er war blitzschnell auf Reue und Verständnis umgeschwenkt. Hatte sie in die Arme genommen, sie gewiegt wie ein Kind, während seine Lippen Süßholz raspelten und stammelnd um Verzeihung baten. Nein, er wollte sie auf keinen Fall verlieren. Nicht diese Frau und die weiteren Nächte mit ihr…

Er hat die Flasche inzwischen mehr als zur Hälfte geleert und fühlt sich leicht benommen. Nicht betrunken, aber beschwingt und wie in eine andere Dimension versetzt. Das kommt wohl auch vom Gras.

Er steht auf, stützt sich am Geländer ab, lässt mit leerem Kopf seinen Blick über die Schlucht und die Berge gleiten. Ein Schwarm schwarzer Dohlen tanzt Pirouetten in der Luft, ballt sich zu einer wirbelnden Wolke zusammen, macht ihn schwindelig. Ihre scharfen Schreie gellen in seinen Ohren wie elektronische Klänge. Es ist die Akustik im Tal, die jedes Geräusch enorm verstärkt und bedeutungsvoll werden lässt. Wie auf ein geheimes Kommando hin rasen die Vögel im Sturzflug hinab, verschwinden erneut aufsteigend hinter dem Felsen. Dann ist es wieder still. So still, dass die plötzlich einsetzende Ruhe fast unheimlich wirkt.

Karl Koller kippt den Rest der Flasche in sich hinein. Er trinkt mit kleinen, kräftigen Schlucken, badet die Kehle in Wein. Er spürt keinen Hunger, und wenn doch, raucht er dagegen an. Saskia ist immer noch unterwegs. Wenn sie zurückkommt, wird sie bestimmt vorschlagen, irgendwo essen zu gehen. Und er wird ablehnen. Völlig aussichtslos. Zum einen gibt es kein Restaurant in der Nähe, zum anderen ist ihm absolut nicht danach. Klar, sie könnte fahren. Aber bei der üblen Strecke… Außerdem wird es nachher auf dem Heimweg stockfinster sein. Soll sie doch Bananen oder Kekse essen. Sie wird schon zurechtkommen damit.

Er stellt die Flasche ab und macht es sich für ein Schläfchen im Liegestuhl bequem.

11 Polizeistation Playa de Santiago, La Gomera

Lucia und Anna unterhalten sich angeregt über die Fiesta und das bevorstehende Essen mit Gästen. Es soll allerlei leckere Vorspeisen geben, dann *Conejo en salmorejo*, Kaninchen mit der Spezialsoße der Mutter, Pellkartoffeln mit roter und grüner *Mojo*, Alioli und gemischtem Salat.

Manuel Ramos, der dabei sitzt, läuft das Wasser im Munde zusammen. Er isst selbst leidenschaftlich gern und wartet nur auf den Feierabend. Zum wiederholten Male blickt er auf die Wanduhr über dem Schreibtisch. Als sein Blick aus dem Fenster fällt, stellt er mit Erleichterung fest, dass soeben der Dienstwagen von Alfonso Torres das Eingangstor passiert. Er verabschiedet sich flüchtig von den beiden Frauen und eilt dem Kollegen entgegen.

»War das ein Tag heute«, stöhnt der, »es ist heißer geworden.« Er wischt sich den Schweiß von der Stirn. »Und bei euch, alles in Ordnung, *Compañero*?«

»*Mas o menos*. Aber gut, dass du da bist. Ich muss dich was fragen.«

»Was denn?«

»Komm, lass uns in den Hof gehen. Es muss nicht unbedingt jeder mitbekommen, was wir besprechen.«

»So wichtig?«

»Nicht unbedingt. Ich wüsste nur gern, was du von der Sache hältst.«

Er zieht den Kollegen mit sich in den Schatten des indischen Lorbeerbaums. Sie setzen sich auf die Steinbank und zünden sich Zigaretten an.

»Also, schieß los«, sagt Alfonso.

»Wie gesagt, eigentlich ist nichts Besonderes passiert. Vorhin kam eine E-Mail aus La Laguna. Von der Universität. Die haben was herausgefunden. Es stehen nun Einzelheiten über die Brandleiche fest.«

»Mach's nicht so spannend.«

»Also, unser *Mula* war männlich, um die zwanzig, und er stammt nicht aus Kolumbien, sondern aus Mexiko.«

Alfonso pfeift durch die Zähne. »Habt ihr El Capitán schon darüber verständigt?«

»Nein, er war nicht in seinem Büro. Aber ich habe den Bericht an ihn weitergeleitet.«

»Dann ist ja alles in Ordnung. Außerdem wissen die smarten Typen von Teneriffa bestimmt auch schon davon. Sollen die sich Gedanken darüber machen.«

»Du kannst sie nicht leiden?«

»Sagen wir mal so: Ich bin froh, dass ich nicht mit denen zusammenarbeiten muss. Die sind mir zu hektisch. Außerdem reißen die alles an sich. Da ist mir die Ruhe auf La Gomera doch lieber.«

»Ach so«, fällt Manuel Ramos plötzlich ein. »da war noch was. Dieser José Ferrera, der Verrückte aus Pastrana, hat angerufen. Er hat schon wieder was gesehen. Der Kerl wird mir langsam unheimlich.«

»Und was hat er gesehen?«

»Nichts Bestimmtes. Nur zwei Gestalten in den Bergen von Benchijigua, die etwas Undefinierbares getragen haben. Er schwört, es seien keine wandernden Touristen gewesen. Sie hätten sich eigenartig verhalten.«

»Inwiefern?«

»So genau konnte er sich nicht festlegen. Er sagte nur, normalerweise seien dort keine Leute unterwegs. Das Gelände ist schwierig. Niemand klettert da freiwillig rum.«

»Vielleicht doch Touristen. Bergsteiger womöglich. Diese Fremden verhalten sich manchmal seltsam. Kommen auf die verrücktesten Dinge. Würdest du bei solcher Hitze in den Bergen rumsteigen?«

»Ich? Niemals!«

»Oder es sind Hirten, die verlorene Ziegen suchen.«

»Möglich.« Manuel Ramos nickt nachdenklich. Wie kompliziert das Leben doch manchmal sein kann. »Und was soll ich nun tun? El Capitán über den Vorfall informieren? Der lacht sich tot und bekommt einen Anfall, wenn ich ihn deswegen mit dem Handy störe. In San Sebastián feiern sie Fiesta. Da ist er dabei und hält eine Rede. Wahrscheinlich liest er wieder alte kanarische Gedichte vor. Das macht er jedes Jahr, weil es die Leute so freut.«

»An deiner Stelle würde ich Feierabend machen. Ich fahre auch gleich nach Hause. Am besten nehmen wir beide die Angelegenheit nicht so ernst. Dieser José Ferrera spinnt, kein Zweifel. Schön, er hat die Leiche gefunden. Reiner Zufall. Und nun fühlt er sich sonstwie. Vielleicht hat er mal einen Thriller im Fernsehen gesehen. Da geht es ja ständig um solche Sachen. Und nun glaubt unser José, er wär ein Agent oder Ermittler wie im Film.«

»Der sieht sich keinen Film an. Hat nicht mal Strom in seinem *Pajar*.«

»Na gut. Dann eben in der Bar. Oder er meint, dass er über die Gabe des zweiten Gesichts verfügt oder dass ihn die Vorsehung leitet. Er glaubt, nur er könne weitere Verbrechen aufklären. Er macht sich wichtig.«

»Ist das deine Meinung?« Manuel Gómez blickt zweifelnd in das Gesicht seines Kollegen.

Der lacht. »Nicht wirklich. Ich habe nur mal so rumspekuliert. Komm, lass uns für heute Schluss machen. Morgen ist auch noch ein Tag. Und wenn tatsächlich was los ist, wird uns unser José schon bald wieder anrufen. Da bin ich mir sicher. Sollen wir uns verrückt machen wegen eines alten, kiffenden Trottels?«

Manuel Gómez bleibt vor Überraschung der Mund offen stehen. Schnelles Denken ist nicht unbedingt seine Stärke. Und Alfonso ist manchmal sprunghaft mit seinen Gedanken. »Du weißt von seiner Plantage?«

Alfonso Torres muss erneut auflachen. »Aber *claro*. Jeder weiß schließlich davon. Ich hole selbst manchmal *Yerba Buena* bei ihm ab. Das Klima im Barranco de Pastrana ist außerordentlich gut. Viel Sonne und wenig Wind. Da wächst bekanntlich das beste Kraut der Insel.«

»Ich trinke lieber Rotwein«, erwidert Manuel Gómez, »Ron Miel, Carlos Primero, Carlos Imperial...« Er zählt seine Lieblingssorten auf und schnalzt bei jeder Köstlichkeit genussvoll mit der Zunge, um den Wert des Genannten zu steigern.

»So pflegt eben jeder sein Laster«, grinst Alfonso. »Meine Freundin zum Beispiel liebt spezielle Unterwäsche. Ich auch. Kannst du dir vorstellen, was ich meine?«

Da gibt Manuel Gómez auf. Diese pikanten Einzelheiten sind ihm zu viel. Der will sich wohl lustig machen über ihn. Nur weil er immer noch keine passende Frau gefunden hat... Nein, solche Anspielungen hat er nicht nötig. »Schon gut, *Amigo*«, murmelt er, »schon gut« und klopft seinem Kollegen zum Abschied auf die Schulter. Jetzt lieber schnell Feierabend machen, bevor sein Kopf zu brummen beginnt. Er zieht den Zündschlüssel aus der Tasche und strebt seinem Auto zu.

12 Playa del Inglés, La Gomera

Der feine schwarze Lavasand brennt heiß unter den Füßen. Nur Fakire und Masochisten würden es ohne Schuhe zum Wasser schaffen. Das Meer ist unendlich schön mit seiner sanften Brandung. Ab und zu trägt der Wind Techno-Klänge von der Strandbar herüber. Tauben trippeln auf der Suche nach Krümeln im Umkreis von Badetüchern. Weiße Möwen im Schleppflug. Nackte und Halbnackte in allen Nuancen der Hauttönung. Von Camembertweiß bis Aztekenbronze. Und ein Himmel, dessen Wolkenspiel sich permanent ändert. Dann brennt ewig die Sonne. Oder man friert.

Manrique, der mit raschen Blicken die Umgebung abcheckt – eine Fähigkeit, die ihm von Natur aus gegeben ist – stellt sofort fest: Es sind viele Individualisten und Extremtypen an der Playa del Inglés. Heteros und Schwule, Paare und Trios, alle nur denkbaren Kombinationen. Gepierct, tätowiert oder jungfräulich rein. Schöne braune Körper, gepflegte Haut. Er liebt Haut. Juans Haut besonders. Berührt und streichelt sie gern. Er reibt seinen Geliebten hingebungsvoll mit Sonnenmilch ein und erwartet das Gleiche von ihm. Geben und Nehmen.

Nach dem Einreibungsritual stöpselt sich Juan Kopfhörer ein und sinkt entspannt auf den Rücken. Er hat die Augen geschlossen, genießt seine Musik. Lässt sich von Manrique ausgiebig betrachten.

Wie schön dieser Knabe ist! Ein wahrer Apoll. Ein junger Halbgott, der auf die Erde herab zu den Menschen gestiegen ist. Direkt in Manriques Arme. So echt, so lebendig. Nicht die übliche Sorte von selbstverliebten Computer-Autisten, die man bei den heutigen Jungs in Valencia, der Stadt der Künste und libertären Geister, so oft findet. Ein solches Wunder muss man genießen. Und Künstler ist Juan obendrein, ein wahres Naturtalent. Ehrensache, dass er ihm das Studium finanziert. Und einen gewissen Lebensstil, der ihm gut tut. Damit er nicht verkommt oder im Schatten der Bedeutungslosigkeit versinkt. Er, Manrique, ist Juans Entdecker, Mentor, Sponsor und Lover. Er ist stolz und glücklich, dieses süße Leben mit ihm zu führen.

Manrique studiert intensiv einen Reiseführer über La Gomera. Wissen ist Macht. Und Neugier hat noch nie geschadet. Sein Motto. Er liest Hinweise und stellt im Kopf Routen zusammen. Als Querdenker gelingt es ihm leicht, interessante Muster und Systeme zu erkennen und neue Verbindungen herzustellen. Hat ihm eine Menge Geld eingebracht in seinem Beruf als Werbedesigner. Er besitzt eine Agentur und lässt gute Leute für sich arbeiten. In so einen Laden gehört Juan natürlich nicht rein als Schwarmgeist. Auf gar keinen Fall. Der ist viel zu gut, der malende Halbgott.

Manrique saugt alles auf, was er finden kann über das Valle Gran Rey, die Fortaleza bei Chipude, die Hexenschlucht von La Dama, den eindrucksvollen Barranco de Erque, den Roque de Agando und die liebliche Schlucht von Pastrana. An den Bildern und der Beschreibung von Tecina bleibt er hängen. Er erkennt lohnenswerte Motive und Objekte sofort. Am liebsten möchte er alle Schauplätze sofort aufsuchen. Mit Juan. Juan macht gute Fotos. Inszeniert sie mitunter wie Gemälde. Der Junge besitzt einen Instinkt für den richtigen Zeitpunkt, für genau den Moment, in dem gute Bilder möglich sind.

Jetzt verspüren beide Durst. Weil sie aber auch gleichzeitig träge von der Sonne sind, streiten sie sich scherzhaft darüber, wer diesmal den Anderen verwöhnen soll. Schließlich bietet sich Juan an, den Diener zu spielen und kühle Getränke zu holen. Überraschungseffekt. Manrique darf auf dem Handtuch liegen bleiben. Er ruht auf dem Bauch, den Kopf auf die angewinkelten Arme gestützt, blickt Juan nach. Seinen Fortgang über den Strand. Juans athletischer Körper bewegt sich leicht und sicher über Steine und Sand. Es ist ein Genuss, ihm zuzusehen. Schließlich taucht er in die wartende Menge vor der Strandbar ein.

Manrique dreht sich auf den Rücken und genießt die Sonnenstrahlen. Das grelle Licht blendet durch seine dunklen Brillengläser hindurch. Er schließt die Augen. Sofort wird das Rauschen des Meeres lauter, die Brandung deutlicher in ihren einzelnen Phasen. Das Rollen der Steine. Das Meer atmet ruhig und schön. Manrique ist glücklich. Sein Denken leer. Fast fühlt er sich wie als Kind in den seligsten Momenten.

Juan hat die Menschentraube, die um die Strandbar

lagert, erreicht. Er schlängelt sich an den Gästen vorbei, an weißen Plastikstühlen und Tischen bis zur Theke vor. Bei jedem Schritt wird er langsamer, spürt, wie sich die entspannte Atmosphäre ringsum wohltuend an seine Seele schmiegt. Der Sound aus den Boxen ist gut. Afro- und Karibik-Techno. Dann: Gnarls Barkley. You make me crazy. Einige braungebrannte, gut aussehende Jungs stehen lässig herum oder tanzen versunken in Zeitlupe. Überall coole Blicke. Sex und Eros knistern in der Luft.

Juan atmet tief durch. Er fühlt sich von einem Mann magisch angezogen. Ein dunkler Typ mit pechschwarzen Augen und Haaren. Black man, black heart, black soul. Hauchdünn rasierter Wangen- und Kinnbart. Teure, aber dezent platzierte Tätowierungen an muskulösen Stellen des Körpers. Damit sie Spiel haben und sich entfalten können. Ein Surfer. Ein Freibeuter. Einer, der genau weiß, was er will. Jetzt treffen sich ihre Blicke, und die Zeit dehnt sich aus. Ein Lächeln, das alles verrät und alles verspricht. Instinktiv hebt Juan die Kamera und drückt auf den Auslöser.

Der andere tritt einen Schritt vor und ist Juan plötzlich sehr nah. Er kann seinen Körpermoschus riechen. Sonnenöl, Salzwasser, etwas Schweiß. Eine gute Mixtur aus wilder Männlichkeit und Geheimnis.

»Lass mich mal sehen«, raunt er vertraulich leise und greift nach Juans Arm.

Er hält ihn kraftvoll fest, zieht ihn langsam zu sich heran. Es geht ja nur um den Fotoapparat. Mehr nicht. Und dann passiert es. Juan gibt nach. Er lässt sich ein. Er schaltet die Bildsequenz zurück und gibt den Schnappschuss preis, lässt ausgiebig betrachten. Was sonst nur Manrique darf.

»Ich bin Abian.« Eine raue Stimme. Hart wie ein Adlerschrei aus der Steppe. Es klingt, als würde er »Zorro« sagen. Es ist überraschend angenehm.

»Juan.«

Der andere lächelt und hält noch immer seinen Arm fest. Die Stranddisco hat von Techno auf Samba gewechselt. »Lust auf einen Cocktail? Juan?«

»Ich bin nicht allein hier.« Er löst die Hand von seinem Arm. Ihre Körper sind sich nah.

»Ich gebe dir meine Handynummer«, sagt Abian.

Er lächelt so gewinnend sein Piratenlächeln, dass Juan schwindlig wird. Er kann momentan nicht mehr denken, nicht einkalkulieren, was passieren wird. So gibt auch er seine Telefonnummer preis.

Sein Herz klopft schneller, als er merkt: Es ist ein Geschenk. Er verschenkt sich an einen Fremden. An einen, den er erst seit wenigen Augenblicken kennt. Und Manrique wartet. Er hat versprochen, ihn zu bedienen.

»Ein anderes Mal vielleicht«, sagt Juan hastig und wendet sich dem Tresen zu. Er bestellt zwei Cocktails, die ihm der Mixer empfiehlt, in der Hoffnung, dass es schmecken wird. Exotische Früchte. Plötzlich hat er ein schlechtes Gewissen. Ein Gefühl, das ihn unsicher macht.

Er dreht sich mit dem vollen Tablett betont lässig dem Strand zu. Will dem Blick des Fremden ausweichen. Was nicht gelingt. Die schwarzen Augen…

Abian steht braungebrannt und geschmeidig da und winkt ihm zu. Mit einer Geste, die einzig und allein für ihn bestimmt ist. Natürlich bekommen es alle anderen mit. Und seltsamerweise ist das Juan überhaupt nicht peinlich. Im Gegenteil.

Als er nach langem, langsamem Weg wieder bei den Handtüchern ankommt, scheint Manrique zu schlafen. Ist aber sofort wach, als Juan neben ihm das Tablett absetzt.

Sein Freund strahlt ihn an. Probiert einen Schluck, zieht genüsslich das Gesicht breit und stöhnt wohlig auf. »Du warst ziemlich lange weg. War es voll dort?«

»Ziemlich. Hat ewig gedauert, bis ich drankam.«

»Und? Bist du drangekommen?« fragt Manrique. Er betont die Worte so komisch.

»Wie meinst du das?«

Manrique schweigt eine Weile, bevor er es ausspricht. »Du weißt genau, was ich meine…«

Jetzt versteht Juan. Dieses Spielchen hatten sie schon oft. In verschiedenen Variationen.

»Okay. Ich merk's. Du bist eifersüchtig. Aber ich schwöre dir: Du hast keinen Grund dazu.«

»Wirklich nicht?«

»Hoch und heilig: echt nicht! Ich bin wie üblich angestarrt worden. Du weißt ja, wie das so abläuft.«

»Eben.«

»Hör auf damit jetzt, verdammt nochmal. Mach nicht aus einer Mücke einen Elefanten. Es ist nichts gewesen. Basta. Schluss mit dem Blödsinn. Es ist wunderschön hier. Mach uns nicht den Tag kaputt.«

»Okay, ich hör schon auf. Ok, ok«, sagt Manrique und hebt beschwörend die Arme. »Ich weiß, ich bin ein alter, ekliger Tyrann. Ich denke bloß an mich.«

»Alt bist du nicht. Aber eklig«, sagt Juan.

Manrique lacht. Er spürt, dass der Junge lügt. Etwas stimmt nicht. Er lacht, aber betrachtet Juan trotz allem skeptisch.

»Wahrscheinlich bin ich bloß so eklig, weil ich Hunger habe. Wie sieht's denn mit deinem Appetit aus?«

»Doch. Und wie«, muss Juan zugeben.

Sie süffeln an ihren Cocktails, albern kindisch herum, trinken aus, packen ihre Sachen sorgfältig zusammen und bringen das Tablett zurück an die Bar. Manrique wartet betont lässig ein wenig abseits im Schatten der Pergola und lässt Juan alles allein machen. Er beobachtet ihn sehr genau dabei.

Er sieht den schwarzen Piraten. Seinen Blick. Juans Körperhaltung. Sein Ausweichen. Er bewegt sich steif, nicht so natürlich tänzelnd wie sonst. Er wirkt gehemmt. All das nimmt Manrique wahr und es ärgert ihn. Weil es mit dem schwarzen Piraten in Verbindung steht. Aber er lässt sich nichts anmerken. Nein, nur keine Szene jetzt. Das würde vielleicht vieles zerstören. Was er so mühsam aufgebaut hat…

Sie fahren schweigsam zum Hotel zurück, duschen ausgiebig und ziehen sich zum Essen um. Sie speisen fürstlich im Restaurant. Das Gespräch dabei verläuft wie immer geistreich, lustig und gepflegt.

Dabei stimmt alles nicht mehr. Als Juan allein unter der Dusche stand, hat Manrique eine Entdeckung gemacht. Er hat zufällig Juans Fotoapparat auf dem Bett gefunden. Und die Versuchung war zu groß gewesen. Er hat heimlich Juans Aufnahmen betrachtet. All die schönen, gelungenen Schnappschüsse. Er hat auch das letzte Foto gesehen. Das von Abian. Und es hat ihm einen Stich versetzt. Er weiß, dass Juan eine Schwäche für solcherart Männer besitzt. Das ist genau der Typ, auf den Juan abfährt. Und er hat ihn fotografiert.

Manrique hat hastig das Gerät ausgeschaltet und sich seinerseits duschfertig gemacht. Er hat sich vorgenommen, sich nichts anmerken zu lassen. Nichts davon preisgeben, was in seinem Innersten brodelt. Er würde cool bleiben. Ultracool. Und Juan auf andere Weise für sich zurückgewinnen.

Später, auf der Dachterrasse des Hotels, wollen sie den Sonnenuntergang betrachten. Im Pool planschen noch Gäste. Er steht neben Juan am Geländer und verwickelt ihn geschickt in ein Gespräch über Ästhetik und Kunst. Über Pablo Neruda, Cesar Manrique, Friedensreich Hundertwasser, Picasso, Dalí... Er ist wie eine Spinne. Umhüllt die Menschen mit Charme und Intelligenz. Geben und Nehmen. Alles im Leben ist ein Spiel. Es kommt nur darauf an, dass sich dafür die richtigen Partner finden.

Über die Kunst kommt er zur Architektur. Zur Feriensiedlung Tecina bei Santiago. »Gehört alles dem norwegischen Schiffsreeder und Multimillionär Fred Olsen. Wie weite Teile der Insel übrigens inzwischen. Tecina muss eine traumhafte Anlage sein. Einzelne Bungalows am Hang, aneinander geschachtelt wie ein Dorf, aber mit viel Freiraum dazwischen. Weiß, viele tropische Pflanzen, Palmen, Service vom Feinsten. Und das Irrste ist: Tecina liegt hoch auf einem Berg über dem Meer. Wie ein Schiff. Eine Arche Noah. Und man kann mit dem Fahrstuhl hinunter zum Strand fahren.«

»Ein Fahrstuhl zum Meer? Abgefahren!«

»Meine ich auch. Was hältst du davon?«

»Klingt verlockend.«

»Gut. Dann schauen wir uns das mal an. Morgen?« Er lacht und zeigt seine strahlend weißen Zähne. »Na, was ist? Bin ich dir zu spontan?«

»Ich liebe spontane Entschlüsse. Das weißt du.«

»Dann bist du also einverstanden?«

»Ja.«

»*Bien*. Aber wir machen das nur, wenn du es wirklich willst.«

»Mann, nerv nicht«, sagt Juan und nickt nochmals. »Ich will, ja, ich will, ich will. Bist du nun zufrieden?«

Ganz überzeugt ist Manrique allerdings nicht. Ein Restfunke Eifersucht schwelt in ihm weiter. Aber insgesamt hat er eine wichtige Runde für sich entschieden. Das zählt.

Es wird eine geile Nacht voller Zärtlichkeit.

13 Barranco de Pastrana, La Gomera

Sie ist wieder da. Unüberhörbar. Sie sprudelt über vor Eindrücken. Sie hat eines der seltenen Felsenhühner gesehen. Wahrscheinlich ein männliches Exemplar. Es stand auf einem Felsvorsprung und hat krächzende Balzrufe von sich gegeben. Dann Orchideen und Blumen, von denen sie die Namen nicht kennt. Alles fotografiert. Der Speicher-Chip ist voll.

»Und du?« fragt sie. »Wie ist es dir ergangen? Schon was geschrieben?«

»Erst mal sondiert und vorstrukturiert«, brummt er und lässt offen, was genau er damit meint.

»Eigentlich ist es von hier aus gar nicht so schrecklich weit bis zur Küste.«

»Wie kommst du jetzt darauf? Warst du mit dem Auto unterwegs?«

»Nein. Aber es ließe sich machen. Einen halben Tag hier und die andere Hälfte unten am Meer verbringen. Wäre ideal. Oder was meinst du?«

»Was?«

»Ans Meer fahren, zum Baden.«

»Hm.« Da ist er schon, der Konflikt zwischen Wasser und Land. Kam schneller als gedacht. Der Fisch vermisst sein Element.

»Was heißt das? Ja oder nein?«

»Ich würde lieber noch vorher das andere Haus ansehen.«

»Das so richtig weitab in den Bergen liegt?« Sie macht ein betroffenes Gesicht.

»Ja.«

»Aha.« Es klingt wenig begeistert.

»Wenigstens ansehen. Wo ich doch schon den Schlüssel habe.«

»Gefällt es dir hier nicht?«

»Doch.«

»Na also. Warum dann sofort wieder weg?«

»Um sicher zu gehen.«

»Ich verstehe nicht…«

Er versucht es ihr zu erklären: »Das Haus hier? Okay, liegt prima, ist urig, kann man aushalten. Aber die Umgebung ist fast zu schön.«

Sie schüttelt den Kopf. »Gibt es sowas – dass etwas zu schön sein kann?«

Er steht auf, reckt sich gähnend auf der Terrasse. »Für einen Mord schon.«

Sie blickt ihn fragend an. »Was meinst du damit?«

»Ganz einfach: Für jeden Mord existiert eine spezielle Location. Ein Kraftfeld des Verbrechens sozusagen. Der Ort zieht Mörder und Opfer an. Die Umgebung muss passen. Hier ist sie…«, er zögert weiterzusprechen, um sie nicht gänzlich vor den Kopf zu stoßen. Sucht nach den passenden Ausdrücken. »…hier ist sie zu sanft, zu lieblich, zu schön.«

»Du redest von deinem Roman?«

»Von was denn sonst? Sind wir nicht alle Autisten? Künstler besonders. Die müssen ab und zu völlig Autist sein, um etwas Großes leisten zu können.«

»Ich hole mir was zu trinken aus der Küche«, sagt sie und verschwindet in Richtung Außentreppe.

»Bring mir ein kühles Bier mit«, ruft er ihr nach.

Mist, man muss einen Kompromiss finden. Sonst geht die ganze Sache hier schief. Und dabei ist es bisher so gut gelaufen… Er zündet sich einen vorgedrehten Joint an, um die innere Ruhe wiederherzustellen. Inhaliert mit tiefen Zügen, bläst eine Rauchwolke in Richtung der Palmen.

Als sie mit der Wasserflasche und dem geöffneten Bier zurückkommt, sagt er, um ihr den Wind aus den Segeln zu nehmen: »Also pass auf, ich mache dir folgenden Vorschlag: Wir fahren ein bisschen durch die Gegend. Besichtigen dabei das andere Haus. Wenn es nichts ist, war's das. Dann bleiben wir hier.«

»Und wenn es dir gefällt?« Sie sagt bewusst »dir« und nicht »uns«.

»Dann sehen wir weiter. Also was?«

Sie nickt nachdenklich. »Okay«, antwortet sie leise. »Einverstanden. Probieren wir es aus.«

»Am besten nehmen wir die Sachen mit.«

Sie seufzt und nippt an ihrem Lebenselixier.

Kurz vor der Abfahrt startet sie einen letzten Versuch, ihn umzustimmen. »Und wenn du erst mal allein fährst und deine Location besichtigst? Ich bleibe hier und warte auf dich.«

»Das geht nicht«, sagt Karl Koller. »Dann hängst du hier ohne Auto fest. Nein, komm schon mit. Eine Nacht möchte ich schon da schlafen und das Haus testen.«

Sie antwortet nichts und steigt in den Citroën.

Eine schweigsame Fahrt bis zum Tafelberg, der Fortaleza. In Chipude halten sie vor der Bar Sonia an, trinken *Barraquitos*, besichtigen danach kurz den Ort und die berühmten Keramik-Werkstätten. Saskia kauft eine kleine, handliche Schale für ihren Nachttisch. Ohne festen Plan rollen sie weiter in Richtung Tafelberg.

»Und wenn wir da rauf wollen«, sagt Saskia und deutet mit der Hand nach oben, »dann müssen wir in Pavon parken. Also hier.«

Sie schließen den Wagen ab und folgen einem hölzernen Hinweisschild mit der Aufschrift »Fortaleza«. Zunächst verläuft der Weg auf buckligen Steinen zwischen Häusern bergan. Dann zweigt, mit einem weiteren Schild gekennzeichnet, ein Trampelpfad in Richtung Tafelberg ab.

Mit schweren Beinen stapft Karl Koller los. Er blickt zwischendurch des Öfteren zum Berg, der mit jedem Schritt größer und steiler zum Himmel aufragt, und verspürt immer weniger Lust auf eine anstrengende Kletterpartie. Kurz vor dem eigentlichen Anstieg findet er einen bequemen Felsbrocken und setzt sich dort hin. Er fischt sich einen Joint aus der Brusttasche und zündet ihn an. Saskia streift mit der Kamera auf der Suche nach geeigneten Fotomotiven durchs Gelände.

Unten in Pavon startet eine deutsche Wandergruppe. Er hört ihr Lachen, Rufen und lautes Schwatzen bis zu seinem Aussichtsplatz herauf. Dass diese bekloppten Touristen immer so hemmungslos laut sein müssen!

14 Fortaleza de Chipude, La Gomera

Auf der Fahrt nach Tecina entscheiden sie sich, einen Abstecher zum Tafelberg zu machen. In Chipude parken sie gegenüber der Bar Sonia, trinken frisch gepressten Orangensaft und Kaffee.

»Chipude war in vorspanischer Zeit mal die Hauptstadt der Insel«, klärt Manrique Juan auf. »Und die Fortaleza galt als heiliger Berg, auf dem religiöse Zeremonien durchgeführt wurden. Noch heute laufen die Leute von Chipude bei der alljährlich stattfindenden Fiesta in einer Prozession mit Trommelklang und Gesängen vom Kirchplatz bis zum Fuß des Tafelbergs hinab. Oben auf dem gewaltigen Plateau hat man einen guten Blick auf die Inseln El Hierro und La Palma.«

Sie laufen durch den Ort und besichtigen ausgiebig Keramik-Werkstätten, in denen alte Frauen mit markantem Gesicht sitzen und grobe braune Gefäße ohne Töpferscheibe in der Tradition der Ureinwohner herstellen.

»Betrachte mal unauffällig die Gesichter«, flüstert Manrique seinem Begleiter zu. »Sie sehen ein bisschen wie Indios oder peruanische Berglandindianer aus, findest du nicht? Vielleicht sind es Nachfahren der alten Gomeros. Würde mich nicht wundern.«

Manrique ist von den archaischen Formen der Tonwaren angetan. Er prüft alles mit Kennerblick, lässt sich von Juan beraten und kauft schließlich eine große Obstschale, von der er meint, sie würde perfekt auf den Couchtisch in seinem Wohnzimmer passen.

Der Reiseführer leitet sie weiter über El Apartadero nach Pavon, einer Ansammlung verstreut liegender Häuser unterhalb des Tafelbergs. Von hier aus führt ein Wanderweg in Serpentinen hinauf zur Fortaleza.

»Kommt man da überhaupt rauf?« fragt Juan mit einem besorgten Blick auf die steilen Felsen über sich.

»Nach der Beschreibung ja. Nur am letzten Stück oben muss man mit Händen und Füßen klettern. Das ist die komplizierteste Stelle, bei der man schwindelfrei sein muss. Aber so schlimm ist es auch wieder nicht. Wir werden es packen.«

Juan folgt seinem Mentor voller Vertrauen. Ab und zu bleibt er stehen und macht Fotos. Panoramabilder und Makroaufnahmen von besonders interessanten Steinstrukturen. Die Lava hat viele Gesichter. Mit ein bisschen Fantasie lassen sich überall bizarre Skulpturen entdecken.

Oben auf dem Plateau empfängt sie ein launischer Wind, der sich aber gut aushalten lässt, wenn man sich im Schutz von Mulden und runden Steinmäuerchen niederlässt. Im Windschatten ist es warm. Eleonoren-Falken gleiten dicht über ihren Köpfen. Von fern klingt das Dengeln von Ziegenglocken heran. Die beiden überkommt das Gefühl, als würden sie auf einem fliegenden Teppich weit über der Insel schweben. Manrique ist voller Sehnsucht nach Zärtlichkeit. Er muss sich zurückhalten, um seinen Freund nicht zu bedrängen. Plötzlich durchdringen Stimmen und Rufe die Stille. Eine deutsche Wandergruppe taucht aus dem Nichts auf und zieht lautstark vorbei. Einer stolpert fast über sie, entschuldigt sich verlegen und hastet weiter. Der Zauber ist gestört.

Juan und Manrique verlassen ihr Liebesnest und laufen am Rand der Hochebene entlang. Die markante Kontur der Insel El Hierro ist gut zu erkennen und La Palma mit dem Roque de Los Muchachos, ebenso der Teide. Vor schwindelerregendem Abgrund bleiben sie stehen und spähen in den gewaltigen Barranco de Erque.

Manrique hält sein Reiseführerwissen parat: »Da unten geht es weiter durch die Hexenschlucht nach La Dama. Laut Beschreibung eine Wanderung durch grandiose Natur. Würde ich gern mal machen. Nicht unbedingt heute, aber ein anderes Mal. Hast du Lust?« Er fühlt sich magisch angezogen.

Juan nickt geistesabwesend. Seine Gedanken waren kurz bei dem schwarzen Piraten gelandet. Für den Bruchteil einer Sekunde ist Abians Gesicht aufgetaucht, seine Augen wie glimmende Kohle.

»Hörst du überhaupt zu?« fragt Manrique. »Du wirkst so weggetreten.«

»Alles okay. Ich finde es beeindruckend hier.«

»Ja. Eine Welt wie kurz nach der Schöpfung. Alles ist riesig, und wir wirken angesichts dessen klein, nahezu winzig, bedeutungslos...«

Manrique steht dicht bei Juan und hat den Arm um dessen Schultern gelegt. Ihm wird schwindelig, wenn er hinunter in die Schlucht blickt. Falls jetzt ein plötzlicher, kräftiger Windstoß kommt, werden sie wie Spielzeug in den Abgrund geweht. Die Ureinwohner sollen gesprungen sein, wenn sie keinen anderen Ausweg mehr wussten. Für Juan und Manrique gilt das nicht. Sie sind noch nicht am Ende des Weges angekommen. Noch gibt es Zukunft für sie. Viele schöne Tage und Nächte. Viel zu entdecken.

Sie lösen sich aus der Erstarrung, verlassen den Platz, dessen Abgrund so irre Gedanken und Gefühle aufkommen lässt. Machen sich auf den Rückweg. An der Wandergruppe vorbei, die nun ihr Picknick ausgepackt hat und sich gegenseitig dabei fotografiert, gehen sie zum Abstiegspunkt zurück.

Juan will Manrique helfend die Hand reichen. Aber der wehrt dankend ab. Beim Klettern ist er lieber auf sich allein gestellt. Er will seinen Körper, seine Muskeln spüren. Der Rest des Weges geht sich leichter. Unten am Fuß des Tafelbergs kommen sie an dem Felsbuckel vorbei, auf dem ein Mann sitzt. Aber sie blicken nicht zu ihm hoch, nehmen ihn gar nicht wahr.

Karl Koller dagegen erkennt sie sofort. »Das Schwulenpaar vom Deck der Armas-Fähre Barlovento. Wie sich die Wege doch kreuzen...« Er sieht, dass beide inzwischen Sonnenbräune angenommen haben. Manriques Gesichtszüge wirken streng, fast angestrengt. Juan dagegen entspannt und verträumt. Eigentlich mag Karl Koller ja keine Schwulen. Aber dieses Paar ist irgendwie anders. Speziell und besonders. Er blickt ihm nach, bis die beiden Gestalten kleiner werden und schließlich zwischen den Häusern von Pavon verschwinden.

Und dann ist Saskia wieder da. Strahlend, aufregend schön und voll neuer Eindrücke, die sie loswerden will.

»Wie's aussieht, hast du keine besondere Lust, auf den Berg zu steigen... Für mich wäre das in Ordnung. Wollen wir weiter?«

Sie machen sich auf den Rückweg zum Auto.

15 Pastrana, La Gomera

»Ich brauche deine Hilfe«, sagt José Ferrera. »Ich habe ein Problem.«

Sie sitzen auf der Terrasse von Ines' Elternhaus und trinken Kaffee. Es gibt sogar Gebäck dazu, Mandelplätzchen aus eigener Herstellung. Ihre Mutter, Aurelia, backt sie mitunter in solchen Mengen, dass sie irgendwann keiner aus der Familie mehr essen mag und sie hart werden. Momentan räuchert sie runde Ziegenkäse hinter dem Haus. Sie benutzt Mandelschalen dazu, manchmal auch die Ohren von Opuntienkakteen, die sie mit der Machete abhackt, nachdem die roten Kaktusfeigen geerntet sind.

José wirkt aufgebracht. Seine Gedanken wirbeln so sehr durcheinander, dass er mit seinem Bericht immer wieder neu ansetzen muss, weil Ines zu Einzelheiten nachfragt.

»Es passiert nichts, absolut nichts. Die glauben mir nicht. Dabei habe ich doch alles gesehen. Zuerst kamen sie von den Bergen runter. Aber dann sind sie plötzlich umgekehrt und wieder zurück. Ein beträchtliches Stück. Und nach links abgebogen. In Richtung des Geisterdorfes. Zu den Ruinen von Azadoe. Ist das nicht seltsam? Was wollten die da?«

»Du musst zugeben: Deine Augen sind nicht mehr so jung wie früher«, wirft Ines vorsichtig ein.

»Stimmt. Aber ich kann immer noch weit sehen wie ein Adler«, protestiert José Ferrera und wirft stolz den Kopf in den Nacken. »Willst du behaupten, ich sei ein alter, nutzloser Mann, der halb blind durch die Gegend stolpert?«

»Nein, nein.«

»Gut«, gibt er zu, »richtig scharf sind meine Augen nicht mehr. Ist ein Übel. Was soll man machen?«

Ines schenkt frischen Kaffee nach und schiebt ihm den Teller mit den Plätzchen zu. »Ich wüsste eine Lösung.«

»Sag bloß nicht, ich soll zum Doktor gehen und mir eine Brille verpassen lassen. Auf keinen Fall werde ich das tun. Ich habe das ganze Leben lang keine Brille gebraucht. Niemand von unserer Familie.«

»Ich denke eher an ein Fernglas.«

»Sowas verordnet der Doktor nicht.«

Ines lacht. »Mein Vater besitzt eins. Er bewahrt es in der Truhe auf. Wenn du willst, kann ich es dir ausleihen.«

José Ferrera kaut nachdenklich ein Mandelplätzchen, das er zuvor in Kaffee getunkt hat. Der Vorschlag hat etwas für sich. Ines steht auf und verschwindet für eine Weile im Haus. Als sie zurückkommt, hat sie das Fernglas dabei. Sie legt es vor José auf den Tisch. »Damit kannst du bestimmt besser beobachten.«

José Ferrera probiert das Gerät aus, schraubt an der Einstellung herum, bis sie stimmt und die anvisierten Palmwedel scharf vor seinen Augen werden. Er peilt einen Falken an, verfolgt mit raschem Schwenk seinen Flug durch die Schlucht. Das Fernglas ist gut. So deutlich hat er die Details seiner Umwelt noch nie gesehen. Mit einem tiefen Seufzer legt er das Glas zurück auf den Tisch.

»Die glauben mir trotzdem nicht. Da ist wirklich eine üble Sache am Laufen. Ich spüre es, ich weiß es.«

»Geh doch morgen nochmal raus und überprüfe es.«

»Hm.« José Ferrera bleibt skeptisch. »Und dann? Was dann? Sag es mir, Ines. Der Weg ist weit bis Benchijigua. Bevor ich von dort zurück bin und bei dir telefonieren kann, sind die Kerle vielleicht schon längst verschwunden. Was wäre damit gewonnen?«

Ines kennt José Ferrera schon lange. Sie merkt, dass ihn die Angelegenheit stark beschäftigt. Besonders seit dem Leichenfund. Er wird keine Ruhe geben, wenn er nicht herausfindet, worum es sich diesmal handelt. Also fasst sie schweren Herzens einen Entschluss.

»*Bueno*«, sagt sie, »ich leihe dir mein Handy. Aber nur für einen Tag, höchstens zwei. Dann musst du es mir zurückgeben. Ich brauche es selbst.«

»Und was soll ich damit?«

»Telefonieren. Die Polizei anrufen. Oder die Guardia Civil.«

»Ich kann doch mit so einem Ding nicht umgehen!«

»Ach, das ist ganz einfach. Du musst nur die Zahlen drücken und hier den grünen Knopf. Und dann reden. Es ist kinderleicht.« Sie zeigt ihm die Funktionen und lässt sie ihn selbst ausprobieren.

José Ferrera windet sich noch ein bisschen, erfindet allerlei Ausreden und Gründe, warum das Vorhaben zum Scheitern verurteilt sei. Schließlich gibt er sich geschlagen und stimmt zu. Gut, morgen wird er in aller Frühe aufbrechen. Gleich mit den ersten Strahlen der Sonne. Er bedankt sich überschwänglich bei Ines für die wertvollen Dinge, für ihre Hilfe, ihr offenes Ohr und natürlich für Kaffee und Plätzchen.

»Nimm dir den Rest mit«, sagt sie. »Morgen sind sie bestimmt noch trockener als heute. Warte, ich packe sie dir ein.«

16 Ruinen von Azadoe, La Gomera

Chico ist aufgeregt, denn er ahnt, dass es diesmal wieder weit raus ins Gelände gehen wird. José Ferrera schreitet energisch voran. Er hat seinen Stock dabei, eine kurze Sprunglanze mit Eisenspitze und die braune Ledertasche. Darin befinden sich Fernglas und Handy, eine Plastiktüte voller Gebäck und eine Flasche Wasser. Es ist sehr früh am Tag. In Pastrana schläft noch alles.

Sie kommen am Palmenhain vorbei und machen instinktiv einen großen Bogen um den Ort des Verbrechens, den Barranquillo del Rincón. Über den Wanderweg laufen sie bis nach Lo del Gato. Hunde bellen zu ihrer Begrüßung. Es leben viele Hunde auf den Kanaren. Manche behaupten, es gäbe mehr von ihnen als Einwohner.

Was natürlich übertrieben ist. Aber ein ganzes Rudel ist es schon, das Chico und ihn bis zu den letzten Häusern des Ortes begleitet.

Danach schlagen sie die Richtung nach Imada ein. Hinter ihnen verebbt das Gebell. Der Pfad in die Berge wird steiler. José Ferrera spürt die Muskeln in seinen Beinen stärker als sonst. Aber die Sprunglanze hilft ihm enorm. Mit ihr kann er sich hochziehen und sich darauf stützen, wenn es bergab geht. Trotzdem kommt er ins Schwitzen, und sein Atem geht schneller. Er muss rasten und Wasser trinken. Er zerbricht einen Mandelkeks, schiebt sich die Krümel in die Backentaschen und lässt sie dort, bis sie weich werden und sich leichter kauen lassen. Chico erhält auch seinen Anteil.

Nach der Pause marschieren sie gestärkt weiter. Als sie eine Anhöhe mit wirr herumliegenden Felsbrocken erreichen, befindet José Ferrera den Platz als guten Aussichtspunkt. Von hier aus lassen sich die zerfallenen Häuser von Azadoe gut beobachten. Er hat Ausblick auf sie, ohne selbst wahrgenommen zu werden.

Azadoe ist ein Geisterdorf. Ein Ort, mit dem es das Schicksal nicht gut gemeint hat. Die Menschen, die hier einst gelebt haben, sind allesamt nach Kuba ausgewandert. Ihre Seelen aber, die an der Heimat hingen, sind in Azadoe geblieben. Man sagt, ihre Stimmen weinten manchmal im Wind. Deshalb besucht niemand Azadoe gern, und wenn, dann geht man rasch vorbei, ohne sich umzublicken. Im Schatten lauern die Geister.

Er setzt sich an den Rand eines Felsens, lehnt sich bequem mit dem Rücken daran und probiert das Fernglas aus. An den Ruinen ist alles still. Keine Bewegung, kein

Anzeichen, dass sich dort etwas befindet. Aber sein Gefühl sagt ihm, dass sich das bald ändern wird. Er hat Zeit, er kann warten.

Chico legt den Kopf auf die Pfoten und schläft ein. Auch José Ferrera fallen nach einiger Zeit die Augen zu. Er hat vor den Geistern keine Angst. Er träumt einen schönen Traum. Er befindet sich auf dem Deck eines großen Schiffes, das langsam unterwegs ist. Nach Amerika. Vielleicht wird Kuba das Ziel sein oder Venezuela. Wie schon viele vor ihm aus seiner Familie und dem Kreis seiner Bekannten. Er weiß es nicht. Er weiß nur: Es ist schön. Venezuela bedeutet für manche eine Glück verheißende Zukunft. Venezuela ist reich und groß. Man muss ja nicht gleich in den Armenvierteln von Caracas landen. Es gibt viel Platz in Venezuela. Jeder kann dort ein neues Leben beginnen und - wenn das Schicksal es will - zu Wohlstand gelangen. Genaueres weiß er über Venezuela nicht. Diejenigen, die ausgewandert sind, haben nie geschrieben. Es hätte auch nicht viel genutzt, denn José Ferrera hat keine Schule besucht. Er kann weder lesen noch schreiben.

Er wacht auf, weil Chico leise winselt. José Ferrera nimmt das Fernglas zu Hilfe und peilt die Ruinen an. Tatsächlich treten dort soeben zwei Männer aus dem Schatten eines Hauses. Sie sind wie Einheimische gekleidet. Schirmmützen verbergen ihre Gesichter. Was tun sie? Sie reden miteinander, scheinen sich zu beratschlagen. Der eine verschwindet erneut im Schatten und kommt kurz darauf mit einem *Sacho*, der auf den Kanaren üblichen Hackschaufel, zum Vorschein. Der andere legt sich Säcke und Seile über die Schulter. Dann brechen sie auf. Die Richtung, die sie einschlagen, führt eindeutig in das Gebiet von Benchijigua hinab. Was wollen sie, was haben sie vor? Das sind keine Bauern. Und zur Ernte gehen sie auch nicht. Was soll man um diese Zeit in Benchijigua ernten?

José Ferrera wartet ab, bis sie ein gutes Stück entfernt sind. Er verstaut das Fernglas in der Umhängetasche, steht auf und folgt ihnen nach. Sie sind in schwierigem Gelände unterwegs. Er muss öfter einmal stehen bleiben, um zu verschnaufen und neue Kräfte zu sammeln. Er schwitzt, sein Atem geht heftig. Auch Chico findet in der baumlosen Landschaft keinen Schatten.

Zum Glück gibt es das Fernglas. José Ferrera sieht, wie die beiden Männer den Rand der Felswand erreichen und dort im schwarzen Loch einer Höhle verschwinden. Zwei Stunden oder länger bleiben sie dort. Er wartet geduldig. José Ferrera hat Zeit. Er hat sich mit Chico in eine Bodensenke gehockt, die von trockenem Gestrüpp umrankt ist. Hin und wieder nimmt er den Feldstecher hoch, um zu beobachten. Im Schatten seines Rückens liegt Chico und hechelt. Er teilt sich mit dem Hund das restliche Wasser und die Mandelkekse.

Nach einer gefühlten Unendlichkeit treten die beiden Männer aus dem Dunkel der Höhle wieder ans Tageslicht. José Ferrera reißt das Fernglas hoch. Was er nun wahrnimmt, schockiert ihn zutiefst. Sie tragen etwas bei sich, legen es ab und wickeln es in die Säcke ein. Für den Bruchteil von Sekunden hat er deutlich erkannt, was es ist: ein steifer Körper. Es ist eine Leiche. Sie verschnüren sorgfältig die Säcke, schieben Stöcke darunter – er hat sie vorher nicht bei ihnen gesehen, sie müssen in der Höhle gewesen sein – und heben das ganze Paket wie eine Tragbahre an. Solchermaßen beladen machen sich die Männer auf den Rückweg. Sie schreiten langsam wegen der Last und streben genau auf ihr Versteck zu.

José Ferrera duckt sich noch tiefer in die Mulde. Er legt Chico die Hand auf den Rücken und befiehlt ihm, sich still zu verhalten. Der Hund versteht sofort, was er meint. Er ist ein kluges Tier. Gibt keinen Laut von sich.

Die Männer kommen näher. Fast kann man schon ihre Schritte hören. José Ferrera presst seinen Körper noch mehr in die Senke, macht sich unsichtbar, indem er die Augen schließt. So liegen beide, Herr und Hund. Und warten, dass die Männer herankommen. Aber ihr Versteck im Stachelgestrüpp ist gut getarnt. Die Schritte ziehen vorüber. Sie sind nicht bemerkt worden.

José Ferrera wartet noch eine Weile ab, bis die Gefahr gänzlich vorüber ist. Dann hebt er sich langsam und vorsichtig aus der Mulde und blickt den Männern mit dem Fernglas nach. Ohne Zweifel haben die beiden Gestalten den gleichen Weg eingeschlagen, den sie zuvor gekommen sind. Sie gehen zu den Ruinen von Azadoe zurück.

Jetzt ist der entscheidende Moment gekommen. Die Stunde des Handys. Mit zitternden Händen hebt er es aus der Tasche und tippt die Zahlen ein. Die Rufnummer der Policía Local in Playa de Santiago. Es klappt. Die Verbindung kommt zustande. Am anderen Ende der Leitung meldet sich eine Frau. Lucia.

»*Hola, buenos días*«, sagt José Ferrera mit vor Aufregung heiserer Stimme. Er flüstert, obgleich die beiden Männer längst verschwunden sind und ihn unmöglich aus dieser Entfernung hören können. »*Rápido*. Ich muss sofort Teniente Torres sprechen. Ich habe eine Meldung zu machen. Schnell, es ist wichtig…«

17 Polizeistation Playa de Santiago, La Gomera

»Da ist wieder dieser José Ferrera dran«, sagt Lucia mit spitzem, kirschrotem Mund und zieht die Stirn kraus. Sie reicht Alfonso Torres das Telefon weiter. Manuel Ramos lehnt entspannt mit dem Hintern am Schreibtisch, schlürft den Rest seines *Cortado* und hört mit.

»Hm, ja... verstehe... *bueno... perfecto... gracias... muchas gracias, amigo*«, sagt Alfonso Torres in den Pausen. Nach Beendigung des Gesprächs blicken sich alle drei bedeutungsvoll an.

»Jetzt müssen wir wirklich einschreiten«, sagt Torres. »Am besten verständigen wir sofort El Capitán.«

Lucia ist schon dabei, die Verbindung herzustellen. Nach mehreren Fehlversuchen meldet sich endlich Felipe.

»Wir sind in Alajeró beim Essen. Politisch.«

»Oh, pardon, wir wollen nicht stören, Teniente.«

»Kein Problem, wir sind gerade fertig. Wo brennt es denn?«

»Unser José Ferrera aus Pastrana hat schon wieder eine Leiche gefunden.«

»Santa Maria. Wo denn?«

»Im Geisterdorf Azadoe.«

»Kenne ich nicht.«

»Ein paar Ruinen ungefähr auf halber Strecke zwischen Imada und Benchijigua.«

»Dann sind wir ja ziemlich in der Nähe.«

»Ja, ihr braucht nur bis Imada zu fahren. Hinter dem Friedhof führt eine Sandpiste in Richtung Azadoe. Ist allerdings in einem verdammt schlechten Zustand und endet mitten im Gelände. Von da aus geht es nur zu Fuß weiter.«

Schweigen am anderen Ende der Leitung. Nur leises, unterdrücktes Gemurmel. Offenbar berät sich Felipe mit seinem Chef über die Lage. Der schaltet sich plötzlich mit dröhnender Stimme ein: »*Hola, Amigo*. Wie sicher ist die Sache?«

»Scheint was dran zu sein.«

»Ich habe keine Lust, mir nach dem guten Essen den Appetit zu verderben oder umsonst durch die Wildnis zu laufen. Zumal bei dieser Hitze.«

»José Ferrera hat mit dem Fernglas beobachtet und ganz deutlich eine Leiche erkannt. Er beschwört es.«

»Wo ist der Mann jetzt?«

»Noch immer in der Nähe des Geisterdorfes.«

»Ist er erreichbar?«

»Er hat ein Handy dabei.«

»Was hat er sonst noch gesehen?«

»Zwei Männer. Sie treiben sich seit Tagen in der Gegend herum und befinden sich zurzeit in den Ruinen.«

Wieder rauscht es eine Zeitlang in der Leitung.

»*Hola*«, ruft Alfonso Torres.

Dann ertönt wieder laut und raumfüllend die sonore Stimme des Polizeichefs, die keinen Widerspruch zulässt:

»Also gut, Leute«, sagt Bernardo Gómez, »wir machen es so: Zwei Wagen fahren nach Vegaipala. Einer riegelt dort die Zufahrt nach Benchijigua ab. Der andere fährt weiter bis zu der Stelle, wo die Piste sich gabelt. Links nach Lo del Gato und rechts zur Ermita de San Juan. Dort wird ebenfalls dichtgemacht. Ein weiteres Team sperrt die Piste von Pastrana. Bewaffnet! Keine Maus darf den Barranco verlassen. Jeder, der unterwegs ist, wird kontrolliert, notfalls festgenommen. Soweit klar? Also weiter: Felipe und ich machen uns auf nach Imada. Es führt nur eine einzige Straße dorthin. Die riegeln wir ab. Ein Team der Guardia Civil aus Alajeró kann das übernehmen. Wir fordern weitere Verstärkung an, wenn das Geisterdorf gestürmt werden muss... Dann noch was: Wer hat den besten Kontakt zu José Ferrera?«

»Alfonso Torres«, sagt Manuel Ramos.

»Manuel Ramos«, sagt Alfonso Torres. »Er hat das Protokoll beim Fund der schwarzen Mumie geschrieben.«

»Erinnert mich bloß nicht daran, *Compañeros*.« Der Polizeichef wird jovial. »Mir wird immer noch schlecht, wenn ich daran denke. Ihr habt die Schweinerei ja selber gesehen. Ganz klar: Ich brauche euch beide! Springt ins Auto und kommt mit Vollgas nach Imada. Ihr müsst dabei sein, wenn es losgeht.«

»Und José Ferrera?«

»Soll bleiben, wo er ist, und sich nicht von der Stelle rühren. Wenn sich etwas tut, soll er uns sofort verständigen. Oder wir rufen ihn an. Habt ihr seine Handynummer?«

»Ist gespeichert.«

»Gut. Dann ruft ihr ihn sofort an und sagt ihm, er soll es bloß nicht wagen, irgendwelche Alleingänge zu starten. Ich möchte nicht, dass er uns bei der Aktion dazwischenfunkt und am Ende alles vermasselt.«

»Wird er nicht. Der Mann hat viel zu viel Schiss in der Hose.«

»Gut so. Dann ist ja soweit alles klar. Noch irgendwelche Fragen? Beginn des Einsatzes jetzt in dieser Minute.«

»Geht klar, Capitán. Wir starten sofort.«

»Noch was«, sagt Bernardo Gómez. »Das Unternehmen läuft im Geheimen ab. Kein Wort darüber nach außen. Schon gar nicht nach Teneriffa. Habe ich mich deutlich genug ausgedrückt?«

»Und wie. Alles klar«, sagen Alfonso Torres und Manuel Ramos wie aus einem Munde. Sie eilen zum Waffenschrank und machen sich bereit.

Lucia übernimmt das Kommando und wickelt mit einer Reihe von kurzen Telefonaten den Einsatzplan ab. Mit El Capitán als Rückendeckung gibt sie Anweisungen, ohne dass jemand ihr zu widersprechen wagt. Das weiß sie. Und sie nutzt diesen besonderen Moment in ihrem Leben genießerisch aus. Sie spürt förmlich, wie sie durch ihre Worte den ganzen Apparat in Bewegung bringt.

18 Geisterdorf Azadoe, La Gomera

Bernardo Gómez stapft zügig in der typischen Gangart von *Lucha*-Kämpfern voran. Mit breiten Schultern und wiegenden Muskeln, die sich warm laufen. Ein Kraftpaket, das niemand aufhalten kann. Er glaubt nicht an Geister und Geisterdörfer. Er hält das für Unfug. Dummes Zeug, das sich die Leute zurechtspinnen. Er will Klarheit. Er will den Fall lösen. Persönlich.

Alfonso Torres und Manuel Ramos sind ihm dicht auf den Fersen. Dahinter drei Männer der Guardia Civil. Sie sind mit Maschinenpistolen bewaffnet. Alfonso Torres und Manuel Ramos nur mit Pistolen.

Was denkt Alfonso Torres in diesem Moment? Nicht viel. Er fühlt sich wie in einem amerikanischen Western. Bereit zum Showdown mit einer Gruppe Desperados. Nichts denken jetzt. Auf den Atem achten und Leere im Kopf. Aber im Ernstfall ist alles bereit für den Angriff.

Und Manuel Gómez? Ihm schießen erstaunlich viele Gedanken im Kopf herum. Mehr als er ansonsten gewohnt ist. Existentielle Fragen: Warum ausgerechnet ich? Reicht es nicht, dass ich schon einmal gekotzt habe? Vor kurzem erst. Bei dieser verdammten Badewanne… Und jetzt noch Kampfeinsatz. Dabei bin ich kein Held. Alles andere als das. Warum gerate ausgerechnet ich immer in solchen Schlamassel hinein…?

Es ist ein warmer Nachmittag. Die Sonne wirft bereits längere Schatten. Sie müssen sich beeilen. Plötzlich bleibt Bernardo Gómez stehen und macht mit der Hand ein Zeichen. Vor ihnen liegt das Geisterdorf. Zerbröckelnde Mauern, von Unkraut überwachsen, Gänsedisteln, Kakteen, Gestrüpp. Dazwischen halb zerfallene Häuser mit eingestürzten Dächern. Die meisten Fensterläden und Türen fehlen. Ein verrostetes Benzinfass. Spuren von Feuer über einem Müllhaufen. Azadoe sieht tatsächlich aus wie die Kulisse in einem Hollywoodfilm.

Wenn es stimmt, was José Ferrera beobachtet hat (von dem im Übrigen nichts im Gelände zu sehen ist), befinden sich die beiden besagten Männer in der Ruine, die noch am besten erhalten ist. Zumindest besitzt sie eine Holztür und ein fast komplettes Dach, auf dem sich Fettgewächse breitgemacht haben.

Die Männer beraten flüsternd über ihre weitere Vorgehensweise. Dann schwärmen zwei der Guardia Civil nach rechts und links aus, um das Haus in die Zange zu nehmen. Sie schleichen sich rasch und lautlos an. Der dritte sichert mit der MP. Alfonso Torres und Manuel Ramos beziehen ihre Positionen seitlich des Capitán. Der hat sich von Felipe ein Megaphon reichen lassen, steht aber abwartend da und lässt es ausgeschaltet.

Jetzt sind die beiden Guardias an der Hauswand entlang geschlichen und stehen neben der Tür. Der eine hebt die Hand zum Zeichen, dass sie einsatzbereit und in Schussposition sind.

Bernardo Gómez reckt den Kopf aus dem Stiernacken. Er ist bereit zum Kampf. Die schwarze Sonnenbrille verbirgt seine Augen. Ihm ist keinerlei Nervosität anzumerken. Er atmet kurz durch und schaltet das Megaphon ein, das sofort einen hässlichen, schrillen Kreischton verursacht. Seine Stimme dröhnt unwirklich laut zu den Ruinen des Geisterdorfes, scheint selbst eine überirdische Geisterstimme zu sein:

»Hier spricht die Polizei. Das Haus ist umstellt. Legen Sie Ihre Waffen ab. Kommen Sie mit erhobenen Händen heraus und ergeben Sie sich. Jeder Widerstand ist zwecklos!« Um seiner kurzen Ansprache Nachdruck zu verleihen, schwenkt er noch einmal kurz das Megaphon, damit es einen schönen, schmerzhaft in den Ohren heulenden Pfeifton erzeugt. Er schaltet ab.

Es bleibt still. Bernardo Gómez wartet die Wirkung seines Auftritts ab. Die Blicke aller sind auf die Tür gerichtet. Im Haus rührt sich nichts. Erneut hebt Gómez das Megaphon. Hält es zum Sprechen bereit vor seinen Mund, lässt das Gerät aber ausgeschaltet. Er wartet weiter ab. Zählt innerlich runter von zehn auf *cero*. Langsam, mit Bedacht.

Da, ein Geräusch! Mit einem Knarren öffnet sich wie in Zeitlupe die Holztür. Die Läufe der automatischen Waffen schwenken auf die dunkle Türöffnung.

»Kommen Sie einzeln und langsam heraus«, lässt Gómez seine Stimme über das Geisterdorf schallen. »Machen Sie keine hastigen Bewegungen. Ihnen wird nichts geschehen, wenn Sie meinen Anweisungen folgen. Wir wollen alle kein Blutvergießen. Also hebt eure Ärsche, *Amigos,* und kommt raus. Das Spiel ist aus. Wir wollen alle nach Hause. Es ist Feierabend.«

Donnerwetter, denkt Alfonso Torres. Ein perfekter Auftritt. Wo hat er das bloß gelernt? Der Mann könnte zum Film gehen.

Aus der Türöffnung tritt ihnen ein Mann entgegen. Er ist groß, braungebrannt, wildbärtig. Lange graue Haare ragen aus der Schirmmütze heraus. Die Augen hinter runden Brillengläsern blitzen böse. Er richtet sich auf mit erhobenen Händen. Sein schmutziges T-Shirt ist schweißnass, seine Hose völlig zerschlissen. Billige Turnschuhe. Er stinkt. Er ist ein Penner.

»*Coño!*« schreit er. »Was soll das? Seid ihr verrückt geworden?«

Er wird ohne Vorwarnung angesprungen und auf den Boden geworfen. Liegt keuchend und fluchend auf der Erde. Seine Stimme überschlägt sich vor Wut. Er stößt unflätige Beleidigungen und Schimpfworte aus. Der Mann, der auf ihm kniet, drückt stärker zu und lässt ihn den Lauf seiner Maschinenpistole spüren.

Danach kommt der zweite Mann aus dem Haus. Ein hagerer Dürrer mit Oberlippenbart und ähnlich zerlumpter Kleidung. Reagiert wie in Panik. Taumelt nach draußen. Leistet nicht den geringsten Widerstand. Im Gegenteil: Er wirft sich angesichts der auf ihn gerichteten Waffen und der Tatsache, dass sein Partner bereits im Würgegriff liegt, von selbst auf den Boden. Dabei murmelt und jammert er unverständliches Zeug.

Der Guardia lässt ihn liegen und stößt ins Haus vor. Es ist dunkel innen. Die offene Tür und das Fenster lassen nur wenig Tageslicht ein. Seine Augen müssen sich erst an das Halbdunkel gewöhnen. »Hier ist sonst keiner drin!« ruft er über die Schulter zurück.

Er blickt sich im Raum um, in dem sich nur sehr wenige Dinge befinden. Zwei Feldbetten in der Ecke. Ein Gaskocher. Mehrere Säcke und Plastikbeutel. Werkzeug an der Wand. In der Mitte des Hauses ein provisorischer Tisch aus Brettern auf zwei Kisten. Darauf liegt etwas, das er zunächst nicht identifizieren kann. Es könnte ein in Säcke gehüllter Körper sein. Ungefähr in der Größe eines Menschen.

»Kommt rein, hier ist was!« ruft er.

Felipe und Bernardo Gómez sind sofort bei ihm. Mit spitzen Fingern wickelt Felipe vorsichtig die Umhüllung auf. Schicht um Schicht.

Dann sehen sie einen Leichnam, der auf erschreckende Weise der schwarzen Mumie aus dem Barranquillo del Rincón ähnelt. Dem Opfer am Fuß des Agando. Seltsam verzerrt und verkrümmt liegt der Körper da. Aber nicht schwarz, sondern eher gelblich braun. Dunkle, ledrige Haut auf vergilbtem Schädel. Ein paar Haarbüschel. Rötlich verfärbt. Bleckende Zähne. Ein Totenschädel, der aussieht, als würde er schreien, weil die Kiefer auseinandergeklappt sind.

Der Rest des Körpers ist in verklebte Ziegenhäute gewickelt. Niemals zuvor hat Felipe eine so seltsame Leiche gesehen. Wenn die von Rincón ekelerregend aussah, so wirkt diese eher bizarr. Wie aus einer anderen Welt…

19 Barranco de Erque, La Gomera

Die Abfahrt findet sich schnell. Eine frisch geteerte Straße, kaum breiter als das Auto. Kein Geländer zur Schlucht hin. Freier Blick über die Felswände talwärts. Im zweiten Gang rollen. Beide Seitenfenster offen. Den Wind fühlen. Sein Spiel. Das Keckern der Falken. Die Luft flimmert über dem Fahrbahnbelag. Steinschlaggeröll.

Die Piste zwängt sich dicht entlang der Felsen ins Tal. Einzelne Palmen, dann ganze Haine. Ziegenställe und Hausruinen am Grund des Barrancos. Ein ausgetrocknetes Flussbett mit einzelnen Wasserpfützen. Jenseits schraubt sich die Piste erneut in die Berge. Plötzliches Ende an einem von Steinmauern umgebenen Platz. Eine Art Wendehammer mit seitlichen Ausbuchtungen zum Parken.

Karl Koller manövriert den Wagen in eine geeignete Stelle hinein. Sie steigen aus, klettern auf die Brüstung. Der Mirador. Ein Wahnsinnsblick in die gewaltige, von gezackten Bergrändern umsäumte Schlucht. Urgewalt der Vulkane. An den Flanken brachliegende Terrassen. Verlassene Häuser, verlassenes Land. Erque, Erquito. Und Esperanza. Die Hoffnung…

Später finden sie das Haus. Eine steile Treppe aus einzementierten Lavasteinen führt direkt darauf zu. Die Wände sind weiß gekalkt. Ein Schild aus glasierten Fliesen: »Villa Esperanza«. Das Ziel. Karl Koller spürt es sofort. Dies ist ein Geisterhaus. Hier wirken tote Seelen beim großen Spiel mit. Das ist seine gesuchte Location! Hier werde ich in die Tastatur hacken, bis der Laptop glüht. Alles einfangen, konzentrieren und zu Protokoll bringen. Einen Flashrun erleben. Fieberhaft, irre und geil…

Er schließt die Haustür auf. Mit dem Schlüssel, den Herr Neumann ihm vertrauensvoll überlassen hat. Nein, nahezu aufgedrängt hat Herr Neumann Haus und Schlüssel. Er tritt ein und merkt, warum niemand das winzige Ferienhaus mieten will: Die Energie, die der Barranco ausstrahlt, ist viel zu stark für die meisten Leute. Wahrscheinlich auch für Saskia… Wo ist sie eigentlich geblieben? Eben war sie noch da. Stand hilflos herum wie ein Schaf, das unter Wölfe geworfen wird. Die Vulkane verbrennen sie. Wenn sie nicht aufpasst.

»Saskia!« ruft er.

Keine Antwort. Nur der Gesang des Windes. Überall heult es leise, faucht sanft, schwillt an zu Meeresrauschen und verstummt dann plötzlich. Das sind die Geisterstimmen aus dem Barranco.

Karl Koller inspiziert die Ausstattung seines neuen Domizils: ein kleiner Wohnraum mit einem alten grauen Cordsofa, zwei naturfarbene Korbsessel, ein Holztisch. Das Schlafzimmer mit französischem Bett. Große Matratze auf Metallgestell. Bettzeug, Decken und Kissen. Hoher Spiegel im Wandschrank. Toilette mit Dusche. Küche im Anbau.

Mit dem Allernotwendigsten ausgestattet. Vom Kühlschrank läuft und brummt behaglich. Volle Gasflasche unter dem Herd. Nebenan eine Terrasse mit hölzernen Klappstühlen und einem großen, klobigen Tisch.

Wo ist Saskia? Bestenfalls fotografiert sie wieder Blümchen am Wegesrand. Oder holt was aus dem Auto. Ach ja, das Gepäck! Wahrscheinlich holt sie das Gepäck. Denn eines ist ja wohl klar: wir schlafen heute in diesem Haus, in diesem Geisterhaus mit dem französischen Bett und den vielen Decken und Kissen.

Da ist sie wieder. Schleppt tatsächlich das Gepäck. Richtig so. Sie hat es begriffen. Es gibt keine Diskussionen mehr. Kein Rumdiskutieren und Jammern. Vor allem keine endlosen Debatten, die sowieso sinnlos sind. Blödes, nutzloses Vorspiel. Natürlich geht es um Sex. Und dieses französische Bett in diesem abgefahrenen Haus an der abgefahrenen Schlucht ist genau richtig dafür...

»Mach mal die Klappläden vor den Fenstern auf und guck runter in die Schlucht«, sagt Karl Koller. »Und dann komm mit auf die Terrasse. Aber halte dich fest, damit dir nicht schwindelig wird. Das Haus klebt direkt am Felshang wie ein schwebendes Schiff. Saskia, wir befinden uns auf der Arche Noah! Ist dir das klar? Komm, richten wir unser Raumschiff ein.«

»Wenn man von hier aus noch das Meer sehen könnte, wäre das perfekt.«

»Das Meer ist ringsum, überall ist das Meer. Spürst du es nicht? Wir sind auf einer Insel.«

Saskia zuckt wortlos mit den Schultern und beginnt sofort mit der Umgestaltung und Verschönerung des Hauses. Rückt manches in eine andere Position. Sortiert in der Küche Geschirr. Schimpft darüber, dass alles so schmutzig ist. Sie bereitet eine kleine, improvisierte Mahlzeit vor. Schließlich ist sie Stewardess. Sie kann solche Dinge aus dem Ärmel zaubern.

Nachdem er ausgiebig geduscht und die Klamotten gewechselt hat, setzt er sich auf die Terrasse und dreht sich einen Joint. Er legt die Füße hoch aufs Geländer und träumt in die Schlucht. Er ist völlig relaxt. Will die wilde Landschaft in sich aufsaugen wie ein trockener Schwamm. Den braunen Faltenwurf der Berge. Millionen Jahre alte, schrundige Haut. Zehntausend Höhlen, verwitterte Felsnasen. Schlafende Leiber von Drachen. Erstarrte Riesen. Fratzen.

Und dann das Grün. Mit jedem Wolkenschatten anders. Wo der Wind der Sonne Lichtsträhnen harkt, flammt es auf. Palmen wiegen ihre Fächer.

In der Küche klappert Geschirr. Guter Duft kommt von dort. Was wird Saskia zaubern? Ein Dreigänge-Menü? Wird sie ihn gleich rufen, damit er eine Flasche Rotwein öffnet? Oder Weißen. Den trinkt sie neuerdings öfter mal. Dazu das obligatorische Wasser.

»Schatz, machst du die Flasche auf?«

Klar macht er die Flasche auf. Er zwängt sich an Saskia vorbei in die Küche. Fasst ihr dabei an die Brüste, wiegt ihre Birnen, lässt ihre Nippel hart werden unter dem Kreisen seiner Finger.

»Hör auf, ich verbrenne mich sonst. Ich stehe direkt neben der heißen Pfanne.« Sie windet sich weg.

Er entkorkt den Rotwein. Probiert einen Schluck. Vega Norte von der Nachbarinsel La Palma. Später ein gutes Essen. Saskia sieht wahnsinnig sexy aus. Leicht gebräunt ist sie inzwischen. Steht ihr gut, dieser Mestizen-Look mit windverwehten Haaren. Eine kleine hellbraune Falkenfeder eingeflochten in eine seitliche Zopfsträhne. Sie braucht kein Make-up. Sie ist eine Indianerin.

»Wir probieren alles aus, okay?« sagt er.

Sie antwortet nicht, aber ihre Pupillen glitzern. Sie steht auf und räumt den Tisch ab. Als sie sich vorbeugt, quellen ihre Brüste durch den dünnen Stoff des T-Shirts. Sie lächelt ihn an. Wie damals an der Hotelbar auf Ibiza. Déjà-vu... Passieren ihm in letzter Zeit öfter, diese Erlebnisse. Bekannte Bilder tauchen aus seinem Gedächtnis hoch. Bilder, die ihn verwirren.

Er legt auf dem Tisch eine saubere Line aus. Zieht das weiße Pulver gierig in die Nase. Die gesamte Portion. Saskia braucht es ja nicht.

Die Sonne versinkt hinter den Vulkanbergen im Meer. Ihr rotes Gold färbt den Barranco ein. Noch einmal grell aufflammend, bis schlagartig die Dunkelheit einsetzt. Sterne am Himmel. Blinkende Lichtsignale aus weit entfernten Galaxien. Es wird kalt. Sie schließen die Tür zur Terrasse. Wind pfeift ums Haus, greift rüttelnd nach den Dachziegeln. Aus dem Barranco kommen Geisterstimmen. Steigen auf und heulen mit dem Wind um die Wette. Es sind merkwürdige Stimmen. Manche Laute klingen, als würden Nachtvögel schreien. Andere kommen einem seltsam vertraut vor, so als würden entfernte Verwandte sprechen. Dann das Klimpern von Ziegenglocken und der langgezogene Schrei eines Esels.

Orgiastisches Ficken. Endlos und schön. Schweißnasse Haut. Eine Oase aus zerwühlten Kissen und Decken. Draußen der Wind und drinnen die Hoffnung. *Esperanza…*

20 Paseo de la Reforma, Mexico City

Er ist viel zu früh eingetroffen. Er hat noch gut drei Stunden Zeit, um durch den herrlichen Park von Chapultepec zu schlendern und das *Museo Nacional de Antropología* zu besuchen. An diesem historisch bedeutsamen Platz ließen sich einst die Azteken nach ihrer langen Wanderung nieder und gründeten ein Großreich. Heute ist das Gelände mit seinen futuristischen Bauten und gepflegten Grünanlagen ein touristisches Highlight. Gedenkzone, Sinnbild der nationalen Identität des mexikanischen Volkes. Und Gelddruckmaschine.

Im Wirrwarr vieler Sprachen drängen Besuchergruppen durchs Gelände, drängeln sich in Trauben vor den Eingängen. Eine Viertelmillion Quadratmeter Geschichte liegt zur Entdeckung bereit. Sie wollen möglichst alles hier sehen und fotografieren, bevor sie mit Bussen nach Teotihuacan aufbrechen. Zur berühmten Mond- und zur Sonnenpyramide. Dem Begräbnisplatz der alten Könige.

Teotihuacan ist ein Wort aus der Aztekensprache und bedeutet: »Der Ort, wo man zum Gott wird«. Wer möchte das nicht?

Er streift durch das Vestibül mit den vielen Modellen, die über unterschiedliche Kulturkreise informieren. Dann passiert er den riesigen Innenhof, aus dessen Mitte ein gewaltiger Betonpilz ragt, der mehr als viertausend Quadratmeter Fläche einnimmt. Von hier träufelt ständig Wasser wie Regen herab. Fließt aber nicht in ein Becken, sondern verschwindet durch feine Löcher im Betonboden.

Um den Innenhof gruppieren sich die Ausstellungssäle, in denen alle bedeutenden alten Kulturen Mexikos vertreten sind. Die Archaiker, Teotihuacaner, Tolteken und Mayas. Die Völker des Hochlands. Links die Mayas der Golfküste, Oaxaca im Westen. Die Indianerstämme des Nordens. Besonders beeindrucken ihn außer den mächtigen steinernen Götterfiguren mit ihren Dämonen-Fratzen die Schädelgerüste der Azteken.

Das Museum besitzt zahllose Nebengebäude. Eine eigene Schule, von der die zukünftigen Techniker für die regionalen Zweigstellen im Land ausgebildet werden. Eine beachtlich große Bibliothek. Archive. Restaurants. Souvenirshop. Hallen für Sonderveranstaltungen und Konzerte…

In einem Straßencafé an der Paseo de la Reforma lernt er sie kennen: Sie steuert direkt auf seinen Tisch zu, setzt sich auf den freien Stuhl, schlägt die langen Beine übereinander und lässt dabei die Nylonstrümpfe an ihren Oberschenkeln knistern. Sie sieht unglaublich erotisch aus. Eine echte *Latina*. Der Stoff ihres Kleides spannt sich über den Rundungen. Ihre Haut ist makellos braun und verströmt einen Duft nach Mango.

»Du musst Carlos sein«, ruft sie. »Die Beschreibung von Estobal passt.« Ihre Stimme läuft prickelnd über seinen Nacken.

»Und du bist seine neue Geliebte?«

Sie lacht und wirft gekonnt den Kopf zurück, damit ihr Haar über die nackten Schultern fließen kann. »Sagen wir mal so: seine Mitarbeiterin. Ich bin Conchita.«

»Sehr erfreut«, sagt er und winkt lässig den Kellner heran. »Kaffee? Tee? Heiße Schokolade?«

»*Café solo*. Und einen Cuba Libre. Oder Tequila. Am besten alles zugleich.«

Er betrachtet sie unauffällig durch die Gläser seiner schwarzen Sonnenbrille. Sie ist ein Glücksfall. Er wird zugreifen.

»Wir sollten das Geschäftliche lieber diskret abwickeln«, sagt er dann.

»Wo?«

»Im Libertad. Ein kleines, schnuckeliges Hotel ganz in der Nähe.«

»Fein, ich liebe kleine, saubere Hotels. Sie sind so diskret. Und dennoch familiär.«

»Wir haben viel zu besprechen.«

»Stimmt. Schließlich sollen wir die nächsten Tage zusammenarbeiten. So lautet der Auftrag.«

»Und die Nächte? Gibt es dafür spezielle Anweisungen?«

»Können wir nach Belieben gestalten«, lacht sie. Sie gurrt wie eine Ringeltaube. »Wenn wir es richtig machen wollen, muss es echt wirken. Wir reisen als Liebespaar.«

»Das gefällt mir«, sagt Carlos. »Ich habe in der Beziehung viel Fantasie. Wenn du bereit bist, können wir gleich mit den Flitterwochen beginnen.«

Sie greift nach seinem Arm und lässt ihre spitzen, rosa lackierten Fingernägel über sein Handgelenk gleiten. Nicht sehr fest, aber doch so, dass die Wirkung noch ein paar Sekunden danach zu spüren ist. Es verspricht, eine interessante Nacht zu werden…

»Ich freue mich auf den Job.«

»Ich auch«, antwortet Carlos. Er meint es ausnahmsweise einmal ehrlich. Ihm ist es egal, ob sie zu Estobal gehört oder nicht. Er wird mit ihr schlafen. Mit dem größten Vergnügen. Er macht nichts falsch dabei. Es gehört eindeutig zum Auftrag. Es gibt wesentlich schlimmere Jobs…

21 Barranco de Erque, La Gomera

Der nächste Tag verspricht noch strahlender als der vorherige zu werden. Eine Armada kleiner, durchsichtiger Schäfchenwolken treibt morgens am Himmel und zerfranst im Wind zu einem zarten Schleier. Als er auf die Terrasse tritt, erwacht im Barranco zu seinen Füßen das Leben. Vögel trällern, ein unsichtbarer Hund bellt. Ein Falke tanzt mit gespreizten Federn in der Luft.

Was ist mit Saskia los? Ihre Stinklaune ist unübersehbar.

»Okay, okay«, sagt er schnell, um ihr den Wind aus den Segeln zu nehmen. »Ich sehe es ja ein, dass wir hier endlos weit vom Meer entfernt sind und du nicht einfach mal zum Strand kannst und ins Wasser springen. Aber du musst zugeben: Es ist unwahrscheinlich schön hier. Romantisch. Anregend. Einfach geil.«

»Vielleicht für dich. Aber nicht für mich. Ich habe die Schnauze voll von der Hitze. Ich bin ein Fisch und keine Bergziege. Ich brauche das Wasser.«

»Dann trink was. Es gibt genug davon im Kühlschrank.«

»Arschloch. Du weißt genau, was ich meine: Ich will am Strand lang laufen, Steine und Muscheln sammeln, ab und zu schwimmen.«

»Dann tu's doch!«

»Wie denn?«

»Wie denn, wie denn? Nimm einfach den Wagen und fahr runter zum Meer.«

»Spinnst du? Diese entsetzliche Straße ohne Geländer? Und dann noch so weit? Wohin denn überhaupt? Nach Playa de Santiago?«

»Liegt am nächsten.«

»Danke, Idiot. Du bist sowas von egoman. Du bist der größte Egoist, dem ich jemals begegnet bin.«

»Autist«, korrigierte er sie.

»Selber Autist, du gottverdammtes Arschloch!«

Also gut, sie muss unbedingt ans Wasser...

»Du bist nicht meine Gefangene«, sagt er. »Auch nicht meine Sexsklavin.«

»Du behandelst mich aber so.«

»Völliger Blödsinn. Was soll das denn jetzt?«

»Na, stimmt doch: Du bist der große Schriftsteller-Zampano und lässt alle nach deiner Pfeife tanzen. Es geht immer nur um dich!«

»Ist doch gar nicht wahr.«

»Doch. Genau so ist es. Ich bin bloß Dekoration. Du denkst kein bisschen an mich. Ich bin gut genug fürs Bett und ansonsten muss ich die Klappe halten. Ja, genau so ist es.«

»Nicht schon wieder diese Diskussion. Das führt überhaupt nicht weiter. Was willst du eigentlich?«

»Zum Beispiel Eis essen am Strand. Im Internet surfen. Mit meiner Freundin Marion skypen.«

»Dann mach's doch! Ist mir doch egal, Nervensäge. Du kannst tun, was du willst. Von mir aus nimm das andere Ferienhaus und schlaf in Pastrana, wenn's dir da besser gefällt.«

»Das tut es. Hundertpro!«

»Dann fahr. Ich bleibe auf jeden Fall erst mal hier. Ich will schreiben.«

»Okay. Wenn das so ist…« Sie nimmt den Autoschlüssel und den Türschlüssel von Pastrana vom Tisch und umspielt sie mit den Fingern. Sie spielt ihre letzte Power aus. Er bleibt ungerührt im Korbsessel sitzen. Sie starrt ihn wütend an. Er reagiert nicht. Er kann nicht reagieren. Er ist mit seinen Gedanken viel zu weit weg.

»Du kannst mich auf meinem Handy erreichen, wenn es dir zu langweilig wird«, sagt sie leichthin. Ihre Stimme ist kalt und entschlossen. Sie will gehen.

»Du mich auch.«

»Also dann.« Sie dreht sich ohne Liebe, ohne Kuss um und geht. Sie verlässt die Hoffnung. Das Haus Esperanza. Er hört, wie sie den Wagen startet und davonfährt.

Er holt sich ein kaltes Bier aus dem Kühlschrank und betritt die Veranda. Der warme Pflanzenatem des Barrancos weht ihn an. Er starrt in die Schlucht hinein. Versucht, wie ein Falke zu sehen. Überall sind kleinere und größere Höhlen in den rotbraunen Lavafelsen. Manche befinden sich in schwindelerregender Höhenlage. Zu anderen führen rötliche Bänder wie Adern durch das Gestein. Almartige Flachterrassen, grün überwachsen.

Er geht zurück in die Küche und setzt einen Kaffee auf. Während das Wasser in der Maschine durchläuft und zu brodeln beginnt, sieht er sich gründlich im Haus um.

Seltsam, wie sich Räume verändern, wenn man plötzlich allein ist. Das Bild über dem Sofa. Ein billiger Druck, nicht mal gerahmt, sondern einfach mit Heftzwecken an der Wand befestigt. Eine Dorfszene mit Kirche, Hausecken und blühenden Bougainvilleen. Nur Architektur und Pflanzen, nirgendwo Menschen. Ein ausgestorbener Ort… Die alte Holztruhe mit dem Klöppeldeckchen darüber und einem albernen Plastikkaktus hat er am Vortag überhaupt nicht richtig wahrgenommen. Im Schlafzimmer sind Decken und Kopfkissen sorgfältig drapiert. Er öffnet den Kleiderschrank und findet ihn leer. Wo sind all die Sachen geblieben, die sie gestern einsortiert hat? Da steht sein Rucksack. Nur seiner. Ihr Koffer ist weg. Sie hat ihren Abgang gründlich geplant und sauber durchgeführt. Blöde Ziege!

In der Küche röchelt die Kaffeemaschine. Er geht zurück und gießt sich einen Becher voll. Wo ist die Milch? Nichts im Kühlschrank. Na prima! Vergessen, einzukaufen. Er trinkt den Kaffee schwarz mit viel Zucker.

Ich muss was tun, denkt er. Nichtstun ist wie Sterben.

Die Zeit verstreicht, und ich nutze sie nicht. Ich muss schreiben. Mich von dem verdammten Voyeurismus befreien. Immer nur rumsitzen und beobachten, wie sich ringsum die Welt verändert. Ich muss endlich aktiv werden, eingreifen, kommentieren. Schreiben ist eigentlich Notwehr…

Ihm fällt der Film »Das Fenster zum Hof« ein. Genau so war es in Frankfurt oft gewesen. Er hatte paralysiert am Schreibtisch gehangen, eine Zigarette nach der anderen geraucht und auf den bescheuerten Bildschirm seines Laptops gestarrt. Lustlos ein paar Sätze in die Tastatur gehackt. Solche wie diese: »Als er das Badezimmer betrat, sah er sofort, dass nichts mehr zu retten war. Der Frau steckte schafttief ein Messer im Bauch. Sie lag auf dem Rücken, und die Blutlache darum herum begann bereits anzutrocknen…«

Er schrickt zusammen, als er plötzlich eine Hand auf seiner Schulter spürt. Ein, zwei Sekunden lang setzt sein Herzschlag aus, als er herumfährt und eine Gestalt dicht vor sich sieht. Im ersten Moment glaubt er, ein Gespenst vor sich zu haben.

Saskia ist wieder da.

»Habe ich dich erschreckt?« fragt sie. »Tut mir Leid. ich hab's mir überlegt. Das ist mir doch alles zu umständlich. Ich bleibe hier. Ich kann hier sehr gut rumlaufen und fotografieren. Oder endlich in dem Buch lesen, das ich die ganze Zeit im Gepäck mit herumschleppe. Okay?«

»Okay«, murmelt er und holt sich ein zweites Bier.

»Vergiss deine Tabletten nicht!« ruft sie ihm nach.

Was für Tabletten? Was soll das blöde Gequatsche? Mensch, geht die mir auf den Sack, die elende Tussi.

Kann sie nicht endlich mal die Klappe halten? Einfach nur still sein?

»Sie liegen im Bad, rechts neben dem Deo!«

Er hasst sie in diesem Moment. Sie kann einfach nicht aufhören. Weiß nicht, wann Schluss ist. Er hasst sie, weil sie ihm auf die Nerven geht. Wie soll er dabei jemals einen vernünftigen Gedanken fassen? Ganz abgesehen davon, dass sie alles tut, um ihn am Schreiben zu hindern...

Okay. Eigentlich hat er bisher bloß ein paar Impressionen notiert, irgendwelche Fantasien ohne Belang. Der Laptop liegt aufgeklappt auf dem Tisch. Wenn Saskia endlich die Schnauze hält, kann er erst die andere Welt betreten. Die Stimmen aus dem Barranco hören. Sie reden lassen und protokollieren, was sie zu berichten haben. Vielleicht finde ich dabei zu mir selbst zurück. Zu meiner eigenen, unwiederholbaren Identität. Zu meinem wahren Ich. Ich bin Carlos...

Leicht betrunken stützt er sich am Terrassengeländer ab. Ein Falke rast im Sturzflug vorbei in die Tiefe. Er hört Saskia schrill aufkreischen. Aber nicht in Wirklichkeit. Es ist nur eine Erinnerung aus den Echokammern der Zeit. Ein weiteres Déjà-vu im Geisterhaus.

22 Punta del Diablo, Nicaragua

Sie rollen im cremefarbenen Dodge durch endlose Bananenplantagen. Sie fahren sehr langsam, eigentlich gleiten sie mehr. Der Motor summt gleichmäßig leise. Die Fenster sind offen. Die Straße gilt als sicher. Die ärmlichen Siedlungen mit ihren Wellblechdächern liegen hinter ihnen. Die halbnackten, schmutzigen Indiokinder, die am Straßenrand mit zerdrückten Cola-Dosen Fußball spielen. Das trotzige Winken oder Ignorieren. Sie bewegen sich nun in einem Gebiet, das voll unter der Kontrolle des Kartells steht. Sie können die Fahrt mit dezenter Sambamusik schlafwandlerisch entspannt genießen.

Vorn ein glatzköpfiger Fahrer mit weißem Panamahut. Er lenkt mit der rechten Hand den Wagen. Der linke Arm hängt angewinkelt aus dem Seitenfenster. Er raucht eine Zigarre. Über seine genaue Funktion und seinen Platz in der Hierarchie ist nichts bekannt. Aber er scheint mehr als nur Fahrer und Bodyguard zu sein.

Neben ihm sitzt der tätowierte Mann mit der Schirmmütze, der, wenn er mal spricht, nur unzusammenhängende Satzgebilde ausspuckt. Mit hartem, lettischem Akzent. Aus ihm wird man nicht schlau.

Carlos raucht ebenfalls eine Zigarre. Eine handgedrehte Havanna aus Kuba. Kleines Begrüßungsgeschenk von Estobal. Ein gutes Vorzeichen, das man genießen sollte! In Griffweite zu seiner Linken räkelt sich Conchita in einem hauchdünnen rosa Seidenkleid, das mehr von ihren Reizen freigibt als versteckt. Sie sieht aus wie Saskia Weber, die Stewardess. Aber viel brauner und so triebgesteuert, wie es nur *Chicas* aus der Karibik sind. Ihre Haut duftet nach frischen Mangos, Papayas und anderen Verlockungen. Sie trinkt ein Glas Sekt.

Der Wagen gleitet immer noch durch das Meer aus Bananen. An zwei Stellen passieren sie bewaffnete Kontrollposten, ohne die Fahrtgeschwindigkeit zu verringern. Sie werden durchgewinkt. Der Dodge ist bekannt. Ein häufig benutztes Dienstfahrzeug. Der Fahrer grüßt lässig mit Daumen und Rest der Zigarre.

Sie erreichen das Tor und die Mauer. Lautlos gleiten die Torflügel zurück. Schwere Stahlkonstruktion, kein leichtes Aluminium. Von da an rollt der Wagen über Kies, vorbei an tropischen Bäumen und Sträuchern. Als er hält, haben sie die pompöse Treppe zum Haupthaus der Hacienda erreicht.

Sie steigen aus und werden vom Hausherrn persönlich empfangen. Estobal eilt ihnen entgegen. Umarmt Carlos und klopft ihm intensiv auf die Schultern. Er wendet sich Conchita zu, umarmt sie und küsst ihre Lippen. Ganz sanft lässt er die Hand über ihre Brüste gleiten, als er die Umarmung löst. Er schiebt sie ein Stück von sich, betrachtet ihr Kleid, macht ihr Komplimente, die anzüglich und wohltuend zugleich sind.

Estobal ist das Musterbeispiel eines Latin Lovers. Dunkel, etwas schmalzig und in allen Poren *Macho*. Es liegt am Testosteron. Estobal strömt viel davon aus, lässt es jeden wissen. Jede Frau, jeden Mann. Seine Figur ist gut durchtrainiert. Sein Körper kosmetisch gepflegt. Klar, dass er Conchita ficken wird. Das Recht dazu hat er. Kommt nur darauf an, wie das Treffen ansonsten verläuft. Denn Conchita ist nur eine Beigabe, ein *Regalo*. Ein süßer Nachtisch. Nicht das Hauptessen, der eigentliche Grund, warum sie sich treffen. Es wird natürlich um Geschäfte gehen. Wie immer. Nur auf welche konkrete Weise diesmal, das bleibt die spannende Frage.

Carlos durchquert den exzellent dekorierten Salon. Sein Blick streift flüchtig die braun vergilbten Fotos in schwarzen Rahmen. Bilder von Tomaten-Verladestationen an der Küste. Ein armseliges Fischerdorf mit niedrigen Hütten vor heftigen Brandungswellen. Am Strand Menschen in fester Kleidung. *Ponchos* und *Sombreros*. Eine lachende Großmutter, Pfeife rauchend im Schaukelstuhl, umringt von einer Familienschar, die keiner mehr zählen kann. Lauter Gesichter, die Kontakt zur Kamera suchen. Körper, die sich in Positur stellen, um besser auf den Fotos zu wirken. Für alle Ewigkeit…

»Kaffee, Mate, Coca-Tee oder lieber etwas erfrischend Alkoholisches?«

Sie sitzen entspannt am gedeckten Tisch auf der riesigen Terrasse. Verschiedene *Tapas* für jeden Geschmack. Süßkartoffeln. Maischips. Selbstgefertigte Mojo-Soßen.

Estobal plaudert charmant mit seinen Gästen. Lauter unbekannte Gesichter. Männer und Frauen. Das Wort Kokain wird niemals benutzt. Man hat es oder nicht. Man lästert lieber über die Mentalität des einheimischen Indiopersonals: »Von wem erhältst du dein Geld? frage ich immer. Und sie antworten: Von dir, *Señor*. Du bist der Chef. Und ich sage: Falsch! Du bekommst das Geld nicht von mir. Du bekommst es von den Gästen. Sie zahlen für Leistung und guten Service, ein freundliches Lächeln. Sind sie zufrieden, dann zahlen sie gern. Die Gäste zahlen an mich. Und ich zahle euch von dem Geld den Lohn aus. Von wem bekommt ihr also letztlich euren Lohn? Und sie antworten: von dir, *Señor*, denn du bist der Chef! Versteht ihr, was ich meine? Wir halten uns alle auf dieser Welt für moderne Menschen und drehen uns ständig im Kreis…«

Oder man spricht über Bautätigkeiten entlang der Karibikküste. Über Fabriken, Energieanlagen, neue Häfen. Gibt es dort einen wachsenden Markt oder ist das Thema ausgereizt?

»*Bueno*«, sagt Estobal und hebt sein Campari-Glas, um anzustoßen. Nach der ausgiebigen Zeremonie mit viel Gekicher und zahlreichen anzüglichen Bemerkungen will er zur Sache kommen. »Um es auf den Punkt zu bringen: Es herrscht Krieg. Richtig Krieg. Natürlich gibt es ständig Krieg auf der Welt, überall. Aber das interessiert uns nicht sonderlich. Doch diesmal betrifft es Teneriffa. Die Kanaren-Connection ist in einen Konflikt verwickelt.«

»So schlimm wird's doch nicht sein«, grölt ein feister, fetter Mann, der sich eben noch mit Gambas vollgefressen hat und sich jetzt mit einer Serviette den Mund abwischt. »Ich würde es als kleineren Kollateralschaden des Ceta-Kartells einstufen. Besteht denn wirklich Grund zur Panik?«

»Ich habe nicht von Panik gesprochen«, kanzelt Estobal seinen Partner scharf ab. »Also mach auch keine. Trink deinen *Barraquito*, koste auch von der *Crema Catalana*. Sie ist vorzüglich. Mama Manuela hat sie selbst gekocht. Halt den Mund und hör zu. Ich habe soeben taufrische Informationen aus zuverlässigen Quellen erhalten…«

Seine Stimme wird von lautem Dröhnen ausgelöscht. Überall dröhnt es, der Himmel ist erfüllt davon. Hubschraubermotoren. Rotorenblätter schweben herab. Einzelne Schüsse und das Rattern automatischer Waffen. Panik bricht aus. Gewehrsalven ganz in der Nähe. Auf dem Gelände wird gekämpft.

Estobal hastet, von zwei Bodyguards geschützt, zurück ins Haus. Die anderen Gäste sind aufgesprungen und laufen verstört durcheinander. Unverständliche Schreie. Conchita streift ihre Highheels ab, schleudert sie achtlos beiseite und rennt los Richtung Swimmingpool.

Sekundenlang sitzt Carlos wie versteinert da. Was geht hier vor sich? Ist er in eine lausige Falle geraten? Wer kämpft gegen wen?

Das Feuergefecht rings um das Haus wird heftiger. Jetzt klirrt Glas. Explodiert eine Brandgranate. Aus dem Salon quellen Rauchwolken. Dann wieder Schüsse. Sehr nah. Eine Kugel streift dicht an Carlos' Kopf vorbei. Er wirft sich unter den Tisch, robbt darunter bis zum Ende der Tafel weiter. MP-Feuer und Schreie. Er hat das Tafelende erreicht. Es sind nur noch wenige Meter über die breite Steintreppe bis zum Pool. Er hebt den Kopf und sieht eine rosa Wolke. Er wirft sich herum und sieht das Haus brennen. Gestalten hasten durch Rauch. Brechen von Kugeln getroffen zusammen. Carlos schnellt hoch und hechtet über die Terrasse. Er wirft sich auf die Treppe. Bleibt sicherheitshalber kurz liegen, bevor er in geducktem Lauf weiter zum Swimmingpool sprintet. Er trifft auf Conchita. Blickt in ihre weit aufgerissenen, angsterfüllten Augen.

»Komm weiter«, schreit er und greift nach ihrem Arm. »Wir müssen hier weg!«

»Ich kann nicht«, stammelt Conchita, die plötzlich Saskia Weber wie ein Ebenbild gleicht. Ist sie ihre Zwillingsschwester? »Ich bin tot.«

In diesem Moment wird ihr Kopf von einer Kugel durchbohrt. Blut und Knochensplitter spritzen ihm ins Gesicht. Vielleicht auch etwas von ihrem Gehirn. Conchitas Körper wird herumgerissen und fällt in den Pool. Rosa auf Türkisblau. Und dann färbt sich alles rot.

Carlos rennt los. Er läuft um sein Leben. Schlägt Haken wie ein Hase, um ein möglichst schlechtes Ziel abzugeben. Er hört Kugeln pfeifen, wird aber nicht getroffen. Die Hubschraubermotoren brüllen noch immer. Er erreicht eine weitere Mauer, die er mit einem Hechtsprung ins Ungewisse nimmt. Er kommt hart auf, spürt einen stechenden Schmerz im rechten Bein, wo ihn etwas Scharfes gestreift hat. Agavenblätter wie Sensen. Blut läuft ihm vom Oberschenkel herab.

Er rappelt sich hoch, humpelt im Schutz der Mauer weiter, bis er an einen Drahtzaun gelangt. Könnte unter Strom stehen. Er hinkt weiter, ignoriert die höllischen Schmerzen im Bein und findet endlich einen Durchgang. Ein Stück Zaun hängt zerschnitten herab. Carlos erkennt sofort seine einzige Chance. Er macht sich schmal und windet sich vorsichtig hindurch. Auf der anderen Seite wieder eine Trockensteinmauer mit Betonband. Ein Hindernis, das leicht zu überwinden ist. Danach nur noch Bananen.

Er taucht ein in ein endloses grünes Meer.

23 Geisterdorf Azadoe, La Gomera

Das Ding liegt auf dem Tisch. Scheint aus hohlen Augenlöchern zu starren. Fletscht die Zähne. Eine Mumie. Oder vielmehr das, was von ihr noch erhalten ist. Alle im Raum drehen sich weg. Versuchen dem Anblick auszuweichen.

Dem dürren Mann mit dem Oberlippenbart scheint es allerdings überhaupt nichts auszumachen. Er steht dicht neben dem Ding, als wolle er es mit seinem Körper beschützen. Und er ist wütend. Seine Schläfenadern klopfen heftig.

»Es handelt sich in der Tat um eine andere Welt. Jedenfalls um eine, die Sie sich offenbar schlecht vorstellen können«, zetert er los. »Ich bin ordentlicher Professor an der Universität La Laguna. *Catedrático*. Wenn Sie verstehen, was ich meine. Mein Name ist Dr. Diego Sánchez. Und das ist mein Kollege Dr. Fuentes.«

Der Bärtige neben ihm verzieht grimmig das Gesicht. Es soll wohl ein Grinsen andeuten, wirkt aber eher bedrohlich.

»Ich erwarte von Ihnen eine Entschuldigung, *Señores*! Wir arbeiten hier im Auftrag der Regierung.«

»Wir auch.«

»Und was tun Sie? Sie behindern unsere Arbeit, überfallen uns in Rambo-Manier, verüben Geiselnahme und Körperverletzung.«

»Jetzt übertreiben Sie aber, mein Herr. Von Geiselnahme und Körperverletzung kann doch wohl keine Rede sein«, beeilt sich Bernardo Gómez zu entkräften. Als Polizeichef und persönlicher Einsatzleiter bei dem Unternehmen ist ihm die ganze Aktion peinlich.

»Ach nein? Und was haben Sie mit meinem Kollegen gemacht? Zu Boden geworfen haben Sie ihn und sind auf ihm rumgetrampelt, als sei er ein Schwerverbrecher. Ein Wunder, dass Sie uns nicht erschossen haben. Die Sache wird ein Nachspiel haben.«

»Ich bitte Sie! Beruhigen Sie sich. Auch wir haben nur unsere Pflicht getan. Es war Gefahr im Verzug. Wir mussten einfach so vorgehen... Äh, wir haben Ihre Identität überprüft. Es handelt sich um eine, sagen wir mal, unglückliche Verstrickung von Umständen. Ein Irrtum, für den wir Sie um Verzeihung bitten. Aber verstehen Sie: Nach allen Gegebenheiten befanden wir uns im Zugzwang... und die Sache mit der Leiche... äh, ich meine: mit der Mumie. Wie war das noch gleich?«

Schlagartig verändert sich der Gesichtsausdruck des Archäologen. Er fängt an zu dozieren: »Es handelt sich um die Überreste einer Trockenmumie, die erstaunlich gut erhalten ist. Die Ureinwohner Gomeras haben auf diese Weise ihre Toten bestattet. Der Körper dürfte nach grober Schätzung etwa zweitausendfünfhundert Jahre alt sein.«

»Donnerwetter! Zweieinhalbtausend Jahre«, entfährt es Bernardo Gómez anerkennend.

»Ja, jetzt können Sie so einigermaßen ermessen, wie viel dieser Fund für die Wissenschaft bedeutet. Und für die Geschichte der Insel. Auf ähnliche Weise wie im alten Ägypten mumifiziert, so viel lässt sich jetzt schon sagen.

Und dann das ideale Mikroklima in geschützter Lage. Sonne und Wind, keine Feuchtigkeit. So entstehen Dörrleichen von bester Qualität.«

»Dörrleichen« wiederholt Bernardo Gómez, wobei er nicht ahnen lässt, woran er dabei denkt.

»Um genau zu sein: unsere Vorfahren«, ergänzt der bärtige Dr. Fuentes. »Die Höhle ist eine Begräbnisstätte. Sozusagen der ganz alte Friedhof von Benchijigua. Bevor die Spanier kamen.«

»Also wie Azadoe? Das Geisterdorf, in dem wir uns gerade befinden?«

Da lacht der Bärbeißige zum ersten Mal auf. Es klingt wie ein Bellen. »Auf gewisse Weise ist der Vergleich statthaft, ja. Nur dass Azadoe erst vor kurzem verlassen worden ist und auch kein Friedhof war. Ironie des Schicksals, dass sich unsere Mumie an einem Ort der Geister befindet. Vielleicht stammt sie wirklich von hier. Aus einer Zeit, als Azadoe noch gar nicht existierte…« Er lacht ein Lachen, das aus den runden Brillengläsern zu kommen scheint und diabolisch wirkt.

»Ja, dann bitte ich die Herren nochmals ganz offiziell um Entschuldigung«, sagt Bernardo Gómez übertrieben höflich. »Ich bedanke mich bei Ihnen. Es ist mir eine Ehre und erfüllt mich mit Stolz, in so einer historisch wichtigen Stunde dabei zu sein. Und so viel dazugelernt zu haben, meine Herren Doktoren.«

Er spricht bereits wie ein Politiker, denkt Felipe. Das kommt bestimmt von seinen vielen öffentlichen Schauauftritten. Wenn der so weitermacht, ist der Mann irgendwann reif für das Amt des Präsidenten.

24 Feriensiedlung Tecina, La Gomera

Die Schranke ist zu, der Parkplatz bewacht. Ohne Chipkarte kommen sie nicht aufs Gelände. Im Tecina läuft alles mit Chipkarte. Also stellen sie den Wagen außerhalb der Ferienanlage weiter oben in einer Seitenstraße ab. Links geht es an einer Bananenplantage vorbei zum Golfplatz, rechts führt ein Fußweg durch gepflegte Gartenanlagen mit tropischen Bäumen zum Hauptgebäude. Das thront wie ein Palast aus der Kolonialzeit mit unzähligen geschnitzten Holzbalkonen und Vordächern zwischen verschachtelten weißen Bungalows. In der Eingangshalle eine riesige afrikanische Baumtrommel, groß wie ein Schiff. Masken, Schilde, Speere, ethnologisch interessante Kostbarkeiten. Die Rezeption: internationales Niveau, mehrsprachig, servicebetont.

Manrique und Juan checken ein. Zunächst einmal auf unbegrenzte Zeit. Beide bekommen ihre persönlichen Chipkarten für Zimmer, Safe, Parkplatz, Fahrstuhl zum Meer, alle Restaurants und Bars inklusive Pool-Bar, Golf, Tennis etcetera.

Juan ist sichtlich beeindruckt beim gemeinsamen Rundgang. Ein Bungalow mit Holzbalkon und Meerblick. Dicht an der Klippe. Wieder einmal Kreuzfahrtfeeling. Sie duschen gemeinsam. Seifen sich ausgiebig ein. Necken sich unter dem warmen Wasserstrahl. Sie sind glücklich.

Später schlendern sie entspannt durch die Geschäfte. Der Souvenirshop zum Beispiel bietet neben Kitsch und wunderschönen Büchern aus Bananenblättern auch mit Zertifikat ausgestattete Repliken von Funden aus der Zeit der Ureinwohner an. Keramik-Gefäße, schöner noch als die der drei Frauen aus Chipude.

Manrique betrachtet sie alle, hebt sie – trotz dezentem Verbotsschild – vorsichtig an und ist entzückt. Schließlich entscheidet er sich für eine kleine Plastik von sehr eigenwilliger Form: Es könnte ein Phallus sein mit zurückgezogener Vorhaut. Oder auch ein dicker Wurm, ein Wurmfisch mit Augen. Eine wurmartige Gottheit. Er befragt den Verkäufer dazu, einen elegant gekleideten jungen Mann mit kanarischer Freundlichkeit und asiatischer Gelassenheit. Sein Gesichtsausdruck verrät nichts, obgleich der Gegenstand, um den es geht, eindeutig anzüglich ist. Er weiß auch nicht mehr als die Archäologen der Universität La Laguna. Und die tappen bei der Einordnung und Einschätzung des Idols völlig im Dunkeln. Die Keramik-Replik wird schwammig als »Kultgegenstand« bezeichnet.

Manrique, der Ästhet, fühlt sich euphorisch. Er lässt Juan das Objekt mehrmals anfassen und die Form abtasten. Er wird es zu der Schale auf den Couchtisch stellen. Dazu mit der Hand den feinen schwarzen Lavasand ausstreuen, den er von der Playa del Inglés in einer Plastiktüte mitgenommen hat. Organisch über die Tischplatte. Mehr nicht. Höchstens noch eine Lapa-Schale. Es soll ein Zen-Tisch werden. Und Juan soll ihn fotografieren.

Im internationalen Buchladen werden gleich beide fündig: Juan ergattert ein Mode- und Art-Magazin. Manrique entscheidet sich für ein Buch mit dem seltsamen Titel »Der

Kojote im Vulkan. Märchen und Mythen von den Kanarischen Inseln« und eine Tageszeitung von Gomera.

Natürlich gibt es auch Modeboutiquen, Internetcafé, Wellness-Oasen und verschiedene Salons. Bougainvillea, Christoph Kolumbus und so weiter. Sie besichtigen jeden Winkel, zuletzt kurz den Swimmingpool mit der Poolbar. Die Musik dort: Shakira, Michael Jackson, Robbie Williams. Entsprechend die Atmosphäre rings um den Pool. Sehr einladend. Offenbar sind sie auf einem Wohlfühl-Planeten gelandet.

Sie fahren mit dem Fahrstuhl runter zum Strand. Ein Erlebnis an sich. Plötzlich merken sie, wie groß und weit das Meer ist, unendlich und kraftvoll. Der Atlantik. Rollbrandung auf schwarzem Lavasand. Salz in der Luft. Sanft kühlender Wind auf der Haut. Eine beeindruckende Felsküste. Natur pur.

Fehlen nur noch Wale und Delfine, denkt Manrique, der die feine Eleganz der Meeressäuger liebt. Von ihrem Wesen fasziniert ist. Und ihr Körperbau: Design in Vollendung. Es sind die Halbgötter der Meere.

Juan fotografiert. Spuren im Sand, einzelne Steine, die in Brandungsnähe glitzern. Er ist detailversessen. Sucht die kleinen Wunder dieser Welt.

Später, nach einer Zwischenmahlzeit, beschließen sie, den Rest des Tages bis zum Abendmenü am Swimmingpool zu verbringen. Die Bar Piscina spielt inzwischen Adele, Snow Patrol, Christina Aguilera. Juan hört lieber die eigene Musikzusammenstellung und zieht sich den Kopfhörer über.

Manrique überfliegt mit amüsiertem Lächeln die lokale Tageszeitung. An einem Artikel bleibt er hängen. Unter dem etwas unscharfen Foto eines halb zerbrochenen Schädels steht die Headline »Der Ötzi vom Agando«. Und weiter:

»Seltener Mumienfund. Wissenschaftler der Universität La Laguna, Teneriffa, machten in einer Vulkanhöhle im Gebiet Benchijigua nahe des Roque de Agando eine aufregende Entdeckung. Der sagenumwobene Berg war den Ureinwohnern Gomeras heilig. Die in schwierigem Gelände befindliche Höhle dürfte als Kult- und Begräbnisplatz gedient haben. Die nun gefundenen Knochen- und Skelettreste, die zum Teil eine außergewöhnlich gute Mumifizierung aufweisen, stammen, wie erste Untersuchungen ergaben, von einem Einwohner der Insel und sind mehr als 2500 Jahre alt. Die Kulturbeauftragte des Cabildo, Mercedes de Valle Verde, konnte während einer eigens einberufenen Pressekonferenz im Beisein der Guardia Civil, des Polizeichefs von San Sebastián und eines Spezialisten der Abteilung Insel-Kulturerbe den versammelten Journalisten eine umfassende Erklärung über die Herkunft der Mumie geben.

Damit steht fest, dass der Fund in keinerlei Zusammenhang mit der erst kürzlich im Barranco de Pastrana aufgefundenen Leiche eines Drogenkuriers steht, den ein aufmerksamer Anwohner durch Zufall entdeckt hatte. Polizeichef Bernardo Gómez war dem Verdacht, es könnte sich um ein weiteres Opfer der Drogenmafia handeln, mit einer Ringfahndung und schnellem Einsatz nachgekommen. Dabei stießen sie auf die beiden Archäologen und die wissenschaftlich wertvollen Überreste des Altgomeros, der inzwischen einen Spitznamen besitzt: Agando-Mumie, der Ötzi von La Gomera.

Wie der Sprecher des Insel-Kulturerbes, Dr. Alberto Mateo, in seiner Stellungnahme betonte, dürfte der Fund auch Auswirkungen auf den Fremdenverkehr haben: Warum kommen die Touristen denn zu uns? Weil sie wandern wollen, eine herrliche Natur genießen. Eine besondere Kultur mit geheimnisvoller Vergangenheit. Es wird geplant, das Museum in der Hauptstadt San Sebastián zu erweitern und dort – nach Abschluss der Untersuchungen an der Mumie durch die Universität La Laguna – eine Sonderausstellung zu eröffnen. Ein weiterer Grund, unsere schöne Insel La Gomera zu besuchen.«

Die Piscina-Disco spielt Peter Gabriel und Pink Floyd. Electronic Breakfast. Manrique denkt an den Keramik-Phallus, der in Luftpolsterfolie gut verpackt im Bungalow auf seinem Nachttisch liegt. Juan lauscht der Musik mit geschlossenen Augen und verklärter Miene im Liegestuhl.

Manrique blättert in dem Märchenbuch, betrachtet die fantasievollen Illustrationen darin und bleibt bei einem Kapitel über Gomera hängen. Er liest:

»Die Hexenschlucht. Es gibt auf Gomera viele Plätze und Pfade, die gefährlich und unheimlich sind, doch keine Gegend ist so verrucht wie die Schlucht bei La Dama. Wo sich der schmale Weg am steilen Rand des Barranco de Iguala in Richtung Meer entlangwindet, muss man an einer Plantage vorbei, die im Volksmund Hoya del Diablo, Teufelsloch, heißt. Man sagt, der Leibhaftige habe hier dem allerersten Besitzer geholfen, einen tiefen Schacht in den Felsen zu bohren, und der Mann habe für den Wasser und Reichtum spendenden Brunnen mit seinem Herzblut bezahlt. Von hier an wird der Weg durch die Schlucht nach La Dama immer wilder und unübersichtlicher. Erreicht man den Ort nicht rechtzeitig vor Einbruch der Dunkelheit, so wird das Gehen zum lebensgefährlichen Stolpern, das schon manchem zum Verhängnis geworden ist. An bestimmten Abenden tauchen Lichter auf, die es eigentlich nicht geben dürfte – die locken mächtig an und führen, wenn man sie für die ersten Häuser von La Dama hält und ihnen solchermaßen vertraut, gnadenlos in die Irre. Auch ertönen eigenartige Stimmen und zuweilen Gesang, der nicht aus menschlichen Kehlen stammt; man mag sich noch so sehr einreden, dies sei bloß das Stöhnen und Heulen des Windes – einen fröstelt dennoch, wenn man es hört.

In gewissen Nächten aber, über die man auf Gomera nur hinter der vorgehaltenen Hand sprechen darf, sollte man den Weg nach La Dama auf jeden Fall meiden, denn dann sind die Hexen unterwegs und fangen sich Beute.

Ein Mann aus dem kleinen Weiler Gerian, der zu Besuch in La Dama war, setzte sich eines Tages über dieses Wissen hinweg. Alle Bedenken seiner besorgten Freunde in den Wind schlagend, machte er sich nach dem Genuss einiger Gläschen Rotwein auf den Rückweg in sein Dorf.

›Ich kenne den Weg wie mein Hemd, jede Falte, jede Biegung, jeden Tritt und Stein‹, hatte er großsprecherisch getönt. ›So schnell wie ich ist noch niemand dort entlanggelaufen.‹

›Aber du brauchst bestimmt zwei Stunden‹, hatten die Freunde gewarnt, ›vielleicht auch länger mit dem Essen im Bauch und dem Wein im Kopf. Besser, du schläfst hier bei uns aus und gehst erst morgen zurück.‹

›Blödsinn‹, hatte der Mann gerufen, ›ich fühle mich leicht wie eine Feder, und der Wind bläst vom Meer her – da brauche ich bloß die Arme auszubreiten und fliege von selbst nach Hause.‹

Ganz so war es aber nicht, obgleich die kühle Brise den Mann etwas erfrischte. Es wurde sogar kalt, denn die Sonne begann zu sinken und ließ die späten Nachmittagsschatten immer größer werden, so dass ringsumher die Farben verblassten. Der Mann lief schnell und trotz des Weines erstaunlich sicher, stellte aber nach einer Stunde fest, dass irgendetwas nicht stimmte.

Er blieb stehen und hob prüfend den Blick. Warum kam die Wand, an der der Pfad seitlich in steilen Serpentinen hinaufführte, nicht näher? Der Mann hätte längst dort sein müssen und kletterte stattdessen noch immer in der tiefsten Sohle der Schlucht herum. Er kratzte sich verwundert am Kopf und glaubte plötzlich, so etwas wie Gesang zu hören, der unmöglich von La Dama und den zurückgelassenen Freunden stammen konnte, denn dazu waren sie inzwischen zu weit entfernt. Spielten ihm seine Sinne einen Streich?

Mit einem Male sah er einen der Schatten sich bewegen und seitlich weghuschen. Das war unmöglich, und dennoch geschah es so: der Schatten vorn bei den drei Kiefern war seitwärts gesprungen. Verwirrt schüttelte der Mann den Kopf, denn er merkte jetzt, dass er diese drei Kiefern niemals zuvor an dieser Stelle gesehen hatte.

Wieder ertönten die Stimmen, und im Schatten bewegte sich etwas; dann gab es ein Geräusch, als klettere eine verirrte Ziege am Hang und lösten sich Steine unter ihren Hufen.

›Ist da jemand?‹ rief der Mann, der sich nun plötzlich nüchtern fühlte und zugleich etwas besorgt. Dort nämlich, wo Gerian liegen musste, wies nichts auf die Häuser des Dorfes hin. Auf der anderen Seite der Schlucht aber, in der entgegengesetzten Richtung also, blinkte ein Licht.

In diesem Moment löste sich aus dem Schatten der Baumgruppe die Gestalt einer alten Frau und kam auf ihn zu. Er kannte die Frau nicht, hatte sie nie zuvor gesehen.

›Wer bist du?‹ fragte er. ›Kommst du vom Dorf, weißt du, wo Gerian liegt?‹

Es war schon beschämend, eine Fremde nach dem eigenen Haus fragen zu müssen. Statt einer Antwort deutete die Alte mit knöchrigem Finger tiefer in die Schlucht hinein und huschte dann kichernd an ihm vorüber.

Dem Mann sträubten sich die Haare im Nacken. Entsetzen packte ihn und nackte Angst um sein Leben. Er lief, rannte und taumelte den Weg weiter in die Richtung, die ihm die Alte gewiesen hatte. Sein Denken setzte aus, sein Herzschlag zuweilen auch und immer öfter sein Atem. Stunde um Stunde rannte der Mann durch die Schlucht, ohne auch nur einen Meter voranzukommen. Gelegentlich schien es, als käme er der Kieferngruppe näher, und er strengte sich noch mehr an. Sowie er jedoch glaubte, sie zu erreichen, rückten die Bäume plötzlich weg und stellten sich an einer anderen Stelle wieder auf.

›Das ist nicht die Schlucht, die ich kenne‹, dachte er, ›das muss wohl eine andere Wirklichkeit sein…‹ – und seine Gedanken kreisten ihm wild durch den Kopf. Gestern, heute, morgen – alles geriet durcheinander, und kein Ding war mehr so, wie es von Natur aus sein sollte.

Der Mann aus Gerian überlebte. Das Sonderbare war

nur, dass er erst eine ganze Woche später zu Hause eintraf – stoppelbärtig, wirres Zeug redend und mit schlohweißen Haaren. Niemand konnte sich die Sache erklären, auch der Mann selber nicht, denn der war nicht mehr ganz richtig im Kopf und behauptete, die Bäume in der Schlucht seien keine wirklichen Bäume, sondern verwünschte Seelen, die auf der Suche nach ihren verlorenen Körpern sind.«

Von der Piscina-Bar her tönt Madonna. Eindringlich, sentimental, mit einem ahnungsvollen Unterton, der Manrique eine Gänsehaut verschafft. Er spricht und versteht sehr gut Englisch und weiß, was Madonna singt:

»Your heart is not open so I must go
The spell has been broken I loved you so
You were my lesson I had to learn
I was your fortress…«

Dein Herz ist nicht offen, darum muss ich gehen. Der Bann wurde gebrochen, ich habe dich so sehr geliebt. Du warst meine Lektion, die ich lernen musste. Ich war deine Festung…

Juan schläft selig mit halb offenem Mund. Ein schöner, junger, unschuldiger Gott. Manrique betrachtet ihn zärtlich. Und diese Bilder! Der Junge hat ein so gutes Auge. Er ist wahnsinnig talentiert. Er ist ein Genie. Die Fotos, die er vorhin gezeigt hat. Allesamt im Makrobereich. Ein Zauber von Licht, Schatten, Form und Struktur. Sand, Steine, Wolkenformationen. Es sind Meisterwerke. Bilder mit Tiefgang und Tiefenwirkung. Stolz hat er alle präsentiert. Alle bis auf eins. Das entscheidende. Er hat es nicht gelöscht. Nur unterdrückt. Er will es mir nicht zeigen. Er verheimlicht es vor mir. Warum macht er das nur?

Und dann kommt der Augenblick, der alles verändert. Madonna singt:

»Es gibt nichts mehr zu verlieren.

Es gibt kein Herz mehr zu verletzen.

Es gibt keine größere Macht als die Macht des Abschieds.«

Juans Handy kündigt leise summend die Ankunft einer SMS an. Es liegt auf dem Tisch zwischen Juan und Manrique. In Griffnähe. Und in Sichtweite. Er beugt sich näher hin und liest auf dem Display die Nachricht:

»Hola, Juan. Der Cocktail steht. Bereit. Abian.«

25 Moskito-Küste, Nicaragua

Carlos lebt von einem Augenblick zum anderen. Tag für Tag, Nacht für Nacht. Er liegt schweißnass auf einer Bambusmatte unter einem Wellblechdach.

Die alte Kreolin mit dem Gesicht wie aus Holz geschnitzt und der unüberschaubar großen Familie (man hört immer wieder neue Stimmen ringsum) versorgt ihn. Pflegt ihn gesund. Er weiß weder, wo genau er ist, noch wie er an diesen gottverlassenen Ort gelangt ist. Vielleicht ist die Alte eine *Bruja*, eine Hexe. Mit Sicherheit betreibt sie irgendeinen Voodoo-Zauber. Es ist ihm egal. Er hat Fieber gehabt, schlimme Albträume. Die Wunde am Oberschenkel war entzündet. Mehrmals hat er das Bewusstsein verloren und wie ein Zombie vor sich hin gedämmert. Jetzt hat er Schwierigkeiten mit seinem Gedächtnis. In seiner Erinnerung läuft vieles durcheinander. Inzwischen scheint alles unendlich weit weg zu liegen: Estobal, das Treffen mit ihm, das Massaker, Conchita. Er ist immer noch auf der Flucht…

Nein, momentan ist er ein verwundetes Tier, das sich in den finstersten Winkel der Welt verkrochen hat. Er liegt hilflos herum. Ist auf den geschmacklosen Maisbrei der Alten angewiesen. Auf ihre scheußlich bitteren Tees und das wirre Gebrabbel, das sie bei ihren täglichen Untersuchungen und Zeremonien aus zahnlosem Mund ausstößt. Er ist ihr ausgeliefert. Sie entscheidet über sein Leben. Er stellt sich gut mit ihr, macht alles mit, erduldet die Prozeduren wie ein Kind. Und dann diese furchtbaren Träume…

Hat er nicht selbst schon getötet? Schnell, ohne Skrupel und Reue. Wie viele Male? Es tauchen Gesichter aus der Vergangenheit auf. Gesichter, die er nicht einordnen kann. Verpasste Liebe. Enttäuschung und Wut. Er erschießt kaltblütig mit einer automatischen Waffe Menschen. Menschen auf der Terrasse einer Hacienda. Auch Estobal. Er durchsiebt seinen Körper. Pumpt das halbe Magazin in die zuckende, tanzende Puppe hinein.

Er steht auf und sieht seine Hände blutverschmiert. Er starrt sie an. Es dauert lange, bis er realisiert, dass er sich den Verband von der Wunde gerissen hat. Er betrachtet angeekelt sein Bein. Es ist sein Bein, verdammt. Es muss heilen. Er will nicht zum Krüppel werden. In dieser elenden Hütte, die nachts von Ratten aufgesucht wird. In der *Cucarachas* über stinkende Säcke laufen und sogar ein geschlachteter Hahn am Balken hängt. Sein Blut hat die alte Hexe über ihn verspritzt. Wie warmer Regen traf es sein Gesicht. Ein roter Schleier vor den Augen. Er will hier raus.

Ich will hier raus! Raus aus den Slums der Moskito-Küste. Nach Süden. Nach Costa Rica...

Eines Tages ist es soweit. Das Bein schmerzt nicht mehr. Er kann humpelnd laufen. Er hat frische Wäsche bekommen. Hose, Hemd und Schuhe eines Unbekannten. Er fragt nicht weiter danach. Die Papiere und das Geld sind noch da. Er küsst die Alte auf den zahnlosen Mund. Sie ist eine gute *Bruja*, eine Hexe. Das beste, was ihm passieren konnte.

Nun sitzt er da und wartet. Wartet auf das Brummen des Motors. Der Neffe der Alten kommt mit einem Pick-up. Bananenstauden und Säcke mit Mais. Sie fahren nach Süden. Aber nicht weit. In der Kreisstadt ist Markt. Der Neffe grinst und will nicht weiter.

»Es gibt einen Bus«, sagt er. »Dort drüben beim Postamt. Und du hast Geld.«

Carlos versteht. Er zieht einen Schein aus der Hosentasche. Und dann, weil der Neffe erwartungsvoll zögert und ihn unverhohlen gierig anstarrt, auch noch einen zweiten. Hat er einkalkuliert. Steht den Leuten zu. Er hebt kurz die Hand zum Abschied. Da grinst der Neffe wieder.

Der Bus rumpelt über endlose Pisten bis zum Ufer des Rio San Juan. Der Fluss ist die Grenze. Und es gibt eine Fähre. Er braucht nicht länger den Helden zu spielen, muss nicht schwimmen, mit Alligatoren, Schlangen oder Piranhas kämpfen. Nein, er sitzt lässig auf dem Schiff. Hat eine Holzkiste als Sitzplatz ergattert und blickt über das Wasser des San Juan in die Freiheit.

Er zeigt seine Papiere und darf das Nachbarland betreten. Sein Pass wirkt sehr echt, und das Foto stimmt auch fast. Costa Rica ist frei und liberal. Es besitzt kein Militär, nur Polizei. Und die gilt als milde im Umgang mit Fremden. Speziell Touristen, die über Bargeld verfügen. Carlos hat genug davon. Es gibt keine Probleme.

Er fährt mit dem Bus zur Hauptstadt. Quartiert sich mehrere Nächte in San José in einem anständigen Hotel ein. Er lässt es sich gut gehen. Er bucht in aller Ruhe einen Flug nach Panama.

Auch eine Flucht muss wohlüberlegt sein. Nichts dem Zufall überlassen. Nichts überstürzen. Sich immer langsam bewegen, *tranquilo*. Keine hastigen Gesten. Das verwirrt die Leute nur und regt sie auf. Nein, lieber sich in entspannter Zeitlupe bewegen, *Cortado leche y leche* trinken und genüsslich die verschiedenfarbigen Schichten zur Melange mischen. Nie ungeduldig den Kellner oder nach der Rechnung rufen. Eher vertraulich leise, wie nebenbei geraunt. Und warten. Freundlich sein. Aufmerksam. Aber nicht hektisch. Vor allem keine Paranoia! Die wilden Fieberträume waren schlimm genug. Er will wieder ruhig durchatmen können. In Panama gelingt ihm das.

Der nächste Flug führt ihn unter Umgehung von Kolumbien (dort warten sie nur auf einen Fehler von ihm!) nach Venezuela. In den lauten Trubel von Caracas. Er gönnt sich eine Woche Erholung am Strand der Millionenmetropole. Da sein Geld echt ist (alles gute US-Dollars), entstehen nirgends Probleme. Er könnte eine Weile in Caracas bleiben. Doch letzte Sicherheit gibt es auch hier nicht.

Er nimmt Kontakt zu Leuten aus Gomera und La Palma auf, die von den Inseln ausgewandert sind und es in Venezuela zu etwas gebracht haben. Die Bande zwischen Caracas und den Kanaren sind eng und oftmals Herzenssache. Manche fliegen regelmäßig aus alter Tradition alle fünf Jahre zur *Bajada de la Virgen* nach La Palma und bringen viel Geld dorthin. Sauberes Geld, durch harte, geschickte Arbeit erworben. Ein Geschenk an den Rest der Familie. Eine Ehrensache. Und eine Art Entwicklungshilfe.

Diese Leute raten ihm, unbedingt auf die Kanaren zu reisen. Am besten nach Teneriffa. Und von dort aus soll er die Perlen des Archipels besuchen: La Gomera, El Hierro und La Palma, *la isla bonita*. Da sei es wirklich *tranquilo*. Das letzte Paradies auf Erden. Auch was das Klima anbelange. Es werde nie zu heiß auf den Inseln. Dank dem Passat. Und dann der gute Fisch, diese Vielfalt: *Cherne, Dorada, Vieja, Pulpo, Chocos* und *Chipirones*... Sie geraten ins Schwärmen.

Sehr bald kennt er einige Namen und Adressen. Neue Verbindungen tun sich auf, unverhoffte Kontakte. Wenn er locker bleibt und sein Spiel weiterhin gut spielt, kann er alles gewinnen. Ruhe. Sicherheit. Ein neues Leben. Einfach alles.

Er bucht mit anderen Papieren (auch die wirken echt und lassen bei keiner Polizeikontrolle Zweifel aufkommen) einen einfachen Flug von Caracas zum internationalen Flughafen Reina Sofia auf Teneriffa und reist der aufgehenden Sonne im Osten entgegen. Vom benachbarten Los Cristianos aus gehen die Fähren nach La Gomera und den anderen Inseln im Westen. Die Armas-Fähre Barlovento wird ihm wärmstens empfohlen: »Wenn du Glück hast – und die Chancen stehen gut, *Amigo* – kannst du Wale und Delfine sehen. Die leben dort im Meer bei den glücklichen Inseln.«

Er hat sich vorgenommen, seinen Plan eisern durchzuziehen. Conchita muss gerächt werden. Eventuell auch Estobal. Vor allem aber die Schmach, die Schande und das ganze Elend, das ihm widerfahren ist.

26 Barranco de Erque, La Gomera

Die brutalsten Albträume kommen erst jetzt. Er fühlt einen wahnsinnigen Schmerz durch seinen rechten Oberschenkel rasen. Blut läuft das Bein hinab, tränkt die Hose dunkel. Er streift sich das Hemd vom Körper, zerreißt es in Streifen und bindet sie fest um die Wunde.

Keuchend richtet er sich auf. Seine Hände sind blutig. Sie zittern. Und dann dieser heimtückische Schmerz, der wie mit einer Sense durch sein Fleisch gefahren ist und weiter pulst. Er versucht einen Schritt vorwärts. Vorsichtig, in Erwartung neuer Schmerzen. Muss sich festhalten und abstützen. Er schwitzt.

Wo ist der Weg? Es gibt keinen erkennbaren. Nur Geröll, Kakteen und Tabaiba-Gewächse. Bröcklige Hänge. Scharfkantige Lavafelsen. Und Hitze. Er zieht sich mühsam hoch. Da sind keine Terrassen, die Halt bieten, keine Mauern. Nur wilde, ungebändigte Natur. Ein steiler

Barranco. Er hebt den Kopf zum Himmel. Ein Schwarm Grajas. Spiraltanz in den Wolken. Schwarmbewusstsein. Scharfe, splitternde Schreie, die in den Ohren hallen. Geisterstimmen. Ständig wechselnder Wind. Nun ist der Himmel wolkenlos blau. Zwei einzelne Raben. Kalte Böen und warmer Lufthauch wechseln sich ab. Der Schweiß trocknet schnell auf der Haut.

Er klettert weiter. Zieht sich Stück für Stück vorwärts. Meter um Meter. Hoch bis zum Haus. Villa Esperanza. Die Hoffnung. Klingt zynisch in diesem Moment.

Auf der Veranda steht eine Gestalt. Mit dünnem rosa Seidenmini und wehendem Haar. Ihr kirschroter Mund öffnet sich zum Schrei. Es ist Saskia. Sie ist völlig hysterisch.

»Wo bist du gewesen?« schreit sie. »Was ist passiert?«

Sie hilft ihm an der Treppe zur Veranda. Stützt ihn übertrieben, als sei er ein alter, gebrechlicher Mann. Sie spielt sich gern auf. Macht sich wichtig.

Er schüttelt ihre Besorgnis mit einer verärgerten Geste ab. »Was soll schon los sein?« keucht er. Begreift diese Frau denn gar nichts? Ist es überhaupt Saskia Weber? »Ich bin im Barranco gewesen.«

»Geklettert?«

»Ja, mein Gott, geklettert. Und dabei ein bisschen abgestürzt.«

Er stolpert, weil seine Knie plötzlich weich werden und die Gelenke wegknicken. Er stürzt der Länge nach auf die Holzplanken der Veranda. Sie verhindert geistesgegenwärtig das Schlimmste, indem sie ihn mit ihrem Körper auffängt.

»Es ist nichts gebrochen«, stöhnt er und versucht, sich wieder aufzurichten.

Sie drückt seinen Oberkörper auf den Boden zurück, wälzt ihn auf Seitenlage. »Bleib liegen, ich hole ein Messer.«

Es muss eine Agave gewesen sein. Oder sonst ein Teufelsdreck.

»Rühr dich nicht vom Fleck, bis ich zurück bin. Du verlierst sonst zu viel Blut.«

Er spürt, wie das verklebte Hosenbein aufgeschnitten wird. Jede Berührung schmerzt. Sie versorgt die Wunde mit Wasser und tupft sie danach mit einem höllisch brennenden Mittel ab. Woher hat sie bloß dieses Zeug? Ist sie eine *Bruja*? Nein, sie ist Saskia Weber. Die reizende Stewardess. Jetzt in der Rolle der Krankenschwester. Sie macht ein besorgtes Gesicht.

»Und die vielen Hautabschürfungen?«

»Sag ich doch: Ich bin abgestürzt. War wohl kurz weg und hab eine Weile gelegen. Keine Ahnung, wie das mit dem Bein passiert ist.«

Das Gesicht der Krankenschwester wird noch ernster. Ihre Augen sind dicht vor ihm. Viel zu groß und viel zu nah.

»Hast du irgendwelchen Stoff genommen? Bist du high?«

»Scheiße, nein. Hab ich nicht.«

»Echt nicht?«

»Bring mir irgendwas zum Trinken. Ich komme um.«

Sie kommt mit einer kleinen Plastikflasche wieder. Stilles Wasser. Setzt es ihm an die Lippen. Pfui Deibel! Er spuckt es aus.

»*Coño*! Bist du verrückt geworden? Das ist Wasser!« schreit er die Krankenschwester an. »Gib mir was Richtiges. Los, verdammt nochmal, beweg dich!«

Die Schlampe ist wirklich eine Hexe. Schlimmer noch als die Alte von der Moskito-Küste. Das mit dem Wasser hat sie extra gemacht, um ihn zu testen. Das Miststück.

Sie kommt zurück und bietet ihm eine zuckersüße klebrige Flüssigkeit an. Bananenlikör. Er trinkt einen kräftigen Schluck. Lässt die Honigpampe über Kinn und Lippen laufen. Er schmatzt mehrmals laut mit der Zunge. Dann fällt er zentnerschwer in Dunkelheit.

Er säuft mit wilder Entschlossenheit gegen die Verzweiflung an, die sein Innerstes in Stücke zu reißen droht. Er torkelt, Flüche ausstoßend, ziel- und sinnlos durchs Haus. Villa Esperanza… Scheißhoffnung, verdammte!

Er versucht, sich einen Kaffee zu machen. Füllt mit einer Blumenvase Wasser in den Behälter. Quetscht die braune Filtertüte in die Vorrichtung. Schüttet Kaffeepulver hinein. Das Gerät ist defekt. Mit einem wütenden Schrei reißt er das nutzlose Ding von der Stellfläche. Schleudert es an die Wand. Es zerbricht in diverse Einzelteile. Am besten das Gewürzregal gleich noch hinterher. Mit einem lauten, hässlichen Lachen lässt er das Schlachtfeld zurück.

»Ich trinke jetzt noch die letzte Flasche Wein. Dann fall ich tot um.« Sagt er laut und überraschend deutlich.

Er wankt zur Küche zurück. »Keine Saskia. Kein Blut. Alles wird gut…«

Er stakst durch die Trümmer zum Kühlschrank, neben dem ein Pappkarton steht. »Cruz de Campos, Vallehermoso«, buchstabiert er. Auf dem Etikett ist eine Palme abgebildet. Also Palmwein oder was? Ist auch egal, ist scheißegal. Im Moment hab ich andere Probleme... Mühsam holt er den gottverdammten Scheißplastikkorken aus der Flasche.

Natürlich gibt es auch die lichten, hellen Momente, in denen er mit erschreckender Deutlichkeit Zusammenhänge erkennt. Aber das alles findet außerhalb von ihm statt. Ist viel zu grell. Bizarr überzeichnet. Da schließt er lieber die Augen zu einem Blinzeln. Versucht Beobachter zu sein. Protokollant. Und einige der Impressionen einzufangen. Er bearbeitet kräftig die Tastatur seines Laptops. Tippt ein, was ihm in den Sinn kommt. Ohne Bewertung. Ohne Plan. Er schreibt nicht das Buch. Das Buch schreibt ihn.

Ohne Zeitgefühl, mit dumpfem Pochen im Schädel und üblem Geschmack im Mund wacht er auf. Draußen ist es immer noch hell. Oder schon wieder.

Er rappelt sich mühsam vom Sofa hoch. Mit beiden Händen den Kopf stützend, starrt er auf den Holzfußboden vor seinen Füßen. Von weit her kommt das Brummen eines Motors. Erreicht aber kaum sein Bewusstsein. Ein Auto hält. Registriert er. Danach wieder Stille. Ist Saskia zurückgekommen? Es bleibt ruhig.

Er richtet sich stöhnend auf. Sein Bein schmerzt bei jeder Bewegung. Sein Schädel auch. Hämmernde Schläge. In seinen Eingeweiden rumort es. Er macht sich in die Hose. Dünn wie Wasser. Er kriecht auf allen Vieren ins Bad. Zieht sich an der Kloschüssel hoch. Übergibt sich. Es schmeckt nach Bananenlikör und Galle. Danach bleibt er entkräftet mit geschlossenen Augen liegen. Er säubert sich. Schleppt sich zum Bett. Kriecht unter die Decke und bleibt schwer atmend liegen.

Als er nach Ewigkeiten die Augen öffnet, ist es Nacht. Er liegt auf dem Rücken und lauscht in die Finsternis. Vor dem Fenster schwanken Sterne. Ein Nachtvogel schreit. Irgendwo im Haus raschelt es. Die Fußbodendielen knarren. Er hört kaum wahrnehmbare Stimmen. Ein leises Tuscheln. Es scheint direkt nebenan zu sein…

Er tastet nach seiner Stirn. Sie ist heiß und mit kaltem Schweiß bedeckt. Er hat Fieber.

»Verzeih, Saskia, dass alles so gekommen ist«, flüstert er. »Ich versprech dir: Wenn ich hier lebend rauskomme, dann wird alles gut…«

Sein Herz ist eine große Trommel. Mit jedem Atemzug dehnt sich das Haus, schnurrt zusammen auf die Winzigkeit des Bettes. Schweißnass das Laken, die Kissengesichter zerknäult. Es sind Gespenster, die sich eingeschlichen haben. Esperanza ist ihre letzte Hoffnung. Die Bastion der verzweifelten Geister. Die anderen Stimmen aus dem Barranco unten blöken neidisch und missgünstig, heulen vor Zorn. Graue Wesen schleichen ums Haus. Magere Kojoten. Nebelgestalten. Schatten, die sprechen können.

»Nimm deine Tabletten.«

Was für Tabletten und wogegen? Wer spricht da überhaupt? Ich muss Dr. Brenner anrufen und ihn danach fragen.

Er richtet sich mühsam auf. Alles schmerzt. Sein gesamter Körper. Nicht nur die Muskeln. Auch die Haut. Besonders die frischen Wunden.

Er wankt in die Küche. Der Kühlschrank ist leer. Leer bis auf eine einzige Flasche Bier. Dorada. Er hält sie sich an die Stirn, rollt das kalte braune Glas über die Schläfen. Er öffnet die Flasche und trinkt. Es schmeckt gallig bitter. Trotzdem setzt er die Flasche erneut an. Immer noch besser als Wasser. Wasser ist zum Waschen da. Und zum Kühlen. Er strauchelt ins Bad, stellt den Hahn auf kalt und hält sich die Brause über den Kopf. Eiskalt über den Körper. Ihm wird kurz schwindelig. Er muss sich an der Duschstange festhalten. Dann geht es wieder besser.

Schlafen. Wenn nur diese wirren Visionen nicht wären. Einmal beugt sie sich über ihn. Saskia. Er spürt ihren Körper. Er wird geil. Plötzlich erstarrt er. Das ist gar nicht Saskia Weber. Es ist Conchita. Und Conchita ist tot… Das Bild von ihrem zerfetzten Kopf taucht in seinem Gedächtnis auf. Die rosa und dann dunkelrot werdende Wolke im Swimmingpool. Ihr leblos treibender Körper…

Er schreit auf und stößt die Truggestalt von sich. Aber das ist weder Saskia noch Conchita. Es ist die schreckliche Alte von der Moskito-Küste. Sie hat rittlings auf ihm gesessen und an seinem Blut gesaugt. Ihr Gesicht ist verzerrt wie eine Inkamaske. Die Gestalt löst sich mit einem Windstoß auf.

Er ist allein. Er kämpft gegen die Schwerkraft an. Tappt durchs Wohnzimmer. Etwas fällt um. Der Korbsessel. Ist nicht vorhin im Bad auch der Duschvorhang abgestürzt? Alles bricht zusammen. Das Haus knarrt und stöhnt im Gebälk. Im Dachstuhl sitzen besonders viele Geister. Er ignoriert sie beflissen. Öffnet die Schiebetür zur Veranda. Dort erwartet ihn bereits die Schlucht mit höhnischen Stimmen. Sie rufen unanständige Flüche. Stellen unverschämte Forderungen.

Mitunter gelingt es ihm, einzelne Stimmen im Gesamtkonzert zu unterscheiden. Saskia und Conchita zum Beispiel. Carlos und Karl Koller. Sogar sein Vater meldet sich zu Wort. Keine Erinnerung mehr an ihn. Aber so oder ähnlich müsste seine Stimme klingen in den Echokammern der Zeit.

Das Geheul der Geister schwillt zum grellen Crescendo an. Er steht am Terrassengeländer und hält sich die Ohren zu. In seiner Verzweiflung fasst er einen Entschluss: Ich muss Fremdes mit Fremdem bekämpfen. Etwas tun, das die Welt nicht erwartet. Ich muss den gordischen Knoten lösen.

Er geht zurück ins Haus und prallt dort prompt mit einem Gespenst zusammen. Es ist wieder Saskia. Sie sieht verheult und verquollen aus. Jemand hat sie geschlagen. Solche Verletzungen kann niemand sich selber zufügen. Auch nicht so eine hysterische Zicke wie sie, die dramatische Auftritte liebt und sich auch in der Öffentlichkeit nicht davor scheut, sie auszuleben. Und jetzt plärrt sie hell auf, wird hektisch und völlig verrückt. Etwas, das ihn noch mehr reizt. Sie nimmt seine sich steigernde Wut wahr. Schrittweise weicht sie vor ihm zurück. Sie flüchtet ins Bad. Es klirrt im Waschbecken. Ohne zu zögern tritt er die Tür ein. Er will sie schlagen und zur Ruhe bringen. Mehr nicht. Sie windet sich an ihm vorbei Richtung Küche. Mit zwei, drei Sätzen, in denen er nichts von seiner Beinwunde spürt, überhaupt nicht seinen Körper, ist er bei ihr.

Er bereitet der hässlichen Szene ein Ende. Mit dem langen Küchenmesser, das – die Vorsehung will es so – griffbereit in der Nähe liegt. Er sticht mehrmals zu. Tief in Saskias Körper. Beim letzten Stich lässt er das Messer in ihrem Bauch stecken. Sehr tief. Schaumiges Blut sprudelt aus ihrem Mund. Sie ist tot, bevor sie zu Boden sinkt. Sie ist nur eine Puppe, eine gotterbärmliche Puppe. Ein albernes Gespenst…

Er wankt zurück ins Wohnzimmer. Stolpert gegen den Tisch. Er nimmt seinen Laptop und trägt das Gerät mit hoch erhobenen Armen auf die Terrasse. Wie Moses seine zehn Gebote vom Berg Sinai.

»Da habt ihr euer Fressen! Das höchste Gut der modernen Menschheit! Was wollt ihr noch?« schreit er und schleudert den Laptop in die Schlucht. Wo er hörbar aufschlägt und zerschellt.

Aus dem Barranco schrillt frenetisch der Beifallschor der Geister. Ihr Geheul ist fürchterlicher als jeder Mord.

Er lacht hämisch, ein böses Meckern. Aus seiner Kehle klingt es wie der grelle Schrei der Grajas.

»Gehirnkino!« schreit er. »Ihr seid alles Gehirnkino, Gespenster. Ihr Arschlöcher! Euch gibt es in Wirklichkeit nicht. Ich bin der Herr. Ihr seid meine Erfindung. Merkt euch das, ihr elenden Schmarotzer!«

Die alte Voodoo-Hexe von der Moskito-Küste lacht. Sie gleitet geschickt wie ein junges Mädchen an ihm vorbei. Wirbelt über die Terrasse. Springt auf die hölzerne Brüstung. Sie dreht sich noch einmal um und zeigt ihm ihr wahres Gesicht. Es ist ein Totenkopf mit fletschenden Zähnen. Ledrige braune Hautfetzen kleben am gelben Schädel. Vertrocknete Haarbüschel. Eine kastanienbraune Strähne mit Falkenfeder. Ein blutiges Inkagrinsen. Dann springt sie in die Schlucht. Der Barranco frisst schmatzend den Laptop auf.

Wo ist das Handy? Ich muss Dr. Brenner anrufen…

Schemenhaft tauchen Erinnerungsfetzen aus dem Meer des Vergessens hoch. Versatzstücke aus dem großen Archiv: ein netter alter Herr mit Stirnglatze und weißem Haarkranz. Freundlich lächelnde Augen hinter der runden

Nickelbrille. Er thront hinter einem mächtigen Schreibtisch, der mit Bücherstapeln bedeckt ist. Fachzeitschriften. Papier, um sich Notizen zu machen. Kein Computer. Aber ein altmodisches Tonbandgerät, das manchmal eingeschaltet wird und die volle Sitzung über mitläuft. Aber nur mit Einwilligung des Patienten.

An den Wänden Klee- und August Macke-Drucke. Helle, farbenfrohe Motive aus dem Maghreb. Gelbe, rote, weiße Flecken als Andeutung von Häusern. Marokko aus der Sicht der beiden Künstler. Dazu ein paar indische Mandalas. Intensiv mit Rot und Gold und tausend kleinen Götterfiguren. Ein in sich hinein grinsender Bronzebuddha links vom Schreibtisch in einer Wandnische…

Das leise Summen eines Ventilators an der Decke. Die gepolsterte Tür, die satt ins Schloss fällt und den Raum abhörsicher macht. Die Intimität der Gespräche, wenn es um heikle Themen geht… Dieser Raum ist gewiss keine Kirche. Aber er hat etwas davon. Und Dr. Brenner schlüpft mitunter gern in die Rolle des Beichtvaters.

Und dann wieder das intensive Schweigen zwischen ihnen. Greifbar wie eine Wand aus Glas. Aber undurchdringbar. Kein Geräusch, kein Laut dringt von der einen zur anderen Welt. Dann steht alles still. Auch die Zeit. Oder sie läuft rückwärts, in die Erinnerungen und vergangenen Träume hinein. Das ist äußerst gefährlich. Dann kann man sich in den Irrgärten des großen Archivs verlieren… Dann lieber sprechen, um den Bann zu brechen. Die Welt mit den eigenen Worten gestalten…

Die Nummer ist im Handy eingespeichert. Er braucht nur einen Knopf zu drücken. Es summt lange, dann meldet sich eine Frauenstimme:

»Psychologische Praxis Dr. Brenner.«

»Ist Dr. Brenner zu sprechen?«

»Wer ist denn da?«

»Koller, Karl Koller.«

»Einen Moment, ich verbinde.«

Erneutes Rauschen. Dann, in gewohnt dunklem Tonfall: »Brenner.«

»Hallo. Ich bin's. Karl Koller.«

»Ach, Herr Koller, schön, Sie zu hören. Wie geht es Ihnen?«

»Nicht besonders gut.«

»Wieso, was ist denn passiert?«

Er denkt nach, sucht nach den richtigen Worten. Worte, die seinen Zustand treffend schildern könnten.

»Es ist was schiefgelaufen. Ich brauche Ihre Hilfe.«

Einen Moment Stille, als wäre die Verbindung weg. Dann wieder lautes Rauschen und seltsame Schnarrlaute wie von einer Maschine.

»Hallo?«

»Ja, ich höre Sie wieder. Wo sind Sie?«

»Auf Gomera.«

Zischen, Knarren, Fauchen. Ist denn Deutschland so weit weg?

»Dr. Brenner, hören Sie mich?«

»Ja, ich verstehe Sie gut. Dann sind Sie also meinem Rat gefolgt, ja? Ich bin sehr froh darüber. Ich...«

»Hallo, hallo?«

»Ja, sprechen Sie weiter. Mit wem sind Sie dort?«

Mit wem? Ist der Mann denn bekloppt?

»Mit meiner Freundin.«

»Na, das ist doch großartig. Erholen Sie sich gut?«

»Sie ist verschwunden.«

»Verschwunden?«

»Ja, einfach weg. Das heißt: Neulich war sie noch da. Aber jetzt ist sie weg. Ich verstehe das nicht.«

»Beruhigen Sie sich.«

»Wahrscheinlich ist sie entführt worden. Oder tot.«

»Entführt? Tot? Was reden Sie da?«

»Meine Güte, verstehen Sie nicht? Mal ist sie da, dann wieder weg. Sie kommt und geht, wie es ihr passt. Ich glaube, jetzt ist sie wohl für immer verschwunden. Die Schlampe.«

Wieder Schnarren und elektrisches Röcheln. Schwach klingt Dr. Brenners Stimme durch:

»Herr Koller, ich kann nur sagen... sich nicht gut fühlen, sollten Sie unbedingt... Nehmen Sie regelmäßig Ihre Tabletten?«

»Was für Tabletten?«

In seinen Ohren schrillt ein nerviges Klingeln ähnlich einem Faxsignal.

»Herr Koller?«

»Ja.«

»Mit wem sind Sie da? Mit Saskia Weber?«

»Hab ich doch gesagt, verdammt nochmal!«

Der Mann ist wirklich bescheuert. Natürlich mit Saskia. Mit wem denn sonst? Conchita treibt tot im Swimmingpool...

»Und was machen Sie gerade im Moment?«

Der Narr gibt einfach keine Ruhe.

»Was ich mache?«

»Ja, was tun Sie gerade? Was haben Sie gestern gemacht?«

»Ich töte Menschen.«

Dr. Brenner glaubt, sich verhört zu haben. »Sie tun was?« Er hat sich verschluckt und muss husten. »Ein schlechter Scherz.«

»Ich mache keine Scherze. Ich meine es ernst. Eine Menge Leute sind umgekommen. Es gab ein Massaker. Conchita ist erschossen worden und liegt im Swimmingpool. Saskia ist auch tot. Erstochen. Glaube ich. Ich bin von lauter Toten umgeben.«

Dr. Brenner scheint sich gefasst zu haben. Seine Stimme klingt wieder fester: »Sind Sie sicher, Herr Koller, dass Sie wirklich jemanden getötet haben?«

Was soll das dumme Gequatsche? Sicher ist überhaupt nichts. Sicher ist nur, dass Saskia nicht mehr in der Küche liegt. Kein Messer, kein Blut. Es ist wie verhext. Vielleicht kommt sie jeden Moment fröhlich zur Tür rein und plappert irgendwelchen Schwachsinn. Bei ihr kann man nie wissen... Aber Dr. Brenners Frage hat ihn irritiert.

Er entscheidet sich zum Gegenangriff: »Ich bin Schriftsteller und entscheide immer noch selber, wer leben darf oder sterben muss.«

»Sind Sie Gott?«

»Auf gewisse Weise schon. Sie können mich Carlos nennen.«

»Herr Koller... Carlos... Sind Sie auf der Flucht? Kann ich Ihnen irgendwie helfen? Wo sind sie genau in diesem Augenblick?«

Wer ist eigentlich dieser Dr. Brenner? Irgendetwas stimmt nicht bei ihm. Der Mann ist eine Spur zu neugierig... Erinnerungen fluten heran: Gespräche, nach meist demselben Muster. Ein Haufen guter Ratschläge. Väterlich klingende Aufmunterungen.

Alles schläfrig und banal. Nie etwas, das ihn wirklich überraschte. Neu war. Irgendwie zu gebrauchen... Er hatte sowieso nur wegen Saskia eingewilligt, an den Sitzungen teilzunehmen. Es selten sonderlich ernst genommen...

Aber irgendetwas stimmt jetzt an der Situation nicht. Er spürt ein seltsam taubes Kribbeln im Nacken, das meistens eine beginnende Migräne ankündigt. Das erste leise Beben vor dem Schub. Vielleicht deswegen die Tabletten? Was stimmt mit seinem Gesprächspartner nicht? Ist das überhaupt Dr. Brenner?

Plötzlich begreift er: Dr. Brenner ist einer von denen! Er hat ihm schon viel zu viel von sich anvertraut... Die Psychonummer! Alles nur Tarnung! Der Mann ist ein Spitzel. Ein Agent des Syndikats. Tut so, als sei er ein Freund. Will bloß schlau werden. Oder noch schlimmer: ihn in lange Palaver verwickeln. Damit sie ihn besser orten und schnell einkreisen können... Vielleicht ist er sogar der heimliche Auftraggeber des Massakers...

Die Unterhaltung hat schon viel zu lange gedauert. Und absolut nichts gebracht. Er drückt das Gespräch weg und wirft das Handy in hohem Bogen in die Schlucht. Er wird den Agenten der Macht keine Details preisgeben.

Er wird selbst bestimmen, wohin er geht. Erst nach Teneriffa. Dann weiter nach Frankfurt. Vielleicht ist Saskia schon zu Hause. Wartet auf ihn...

27 Ferienanlage Tecina, La Gomera

In dieser Nacht findet Manrique keinen Schlaf. Er ist aufgewühlt, liegt wach, und obgleich er nicht nachdenken will, grübelt er pausenlos. Er hat Juan wegen der Vorfälle nicht zur Rede gestellt. Es gab keine Szene. Er hat bisher kein einziges Wort darüber verloren. Er wartet ab, ob der Junge von selber kommt. Er will ihn nicht drängen. Vergewaltigen. Wenn, dann soll er sich freiwillig geben. Nach so langer Zeit kann man schon etwas Vertrauen erwarten... Aber keine Liebe erzwingen... Eifersucht frisst an ihm. Nagt wie ein böser, schwarzer Schatten mit gnadenlos scharfen Zähnen. Er friert.

Was hat der Andere an sich, das er nicht besitzt? Gut, er ist etwas jünger. Er hat mehr Haare. Eine athletische Figur. Aber ist das schon alles? Zählen nur Äußerlichkeiten? Kein Wissen, keine inneren Werte? Der Zauber ihrer wunderbaren Beziehung?

Er schlüpft vorsichtig, jedes Geräusch vermeidend, im Dunkeln aus dem Bett. Geht zum Kühlschrank. Er wählt ein Tonicwater aus. Nordic Mist. Öffnet die Flasche und tritt im Pyjama auf den Balkon. Die Nacht ist warm. Am Himmel funkeln Millionen Sterne. Mond. Venus. Plejaden. Der große Wagen. Grillen zirpen schrill, als würden sie mit ihrem Gekreisch das Weltall zusammenweben.

Er nippt einen Schluck aus der Flasche. Kälte springt in seinen Hals. Kohlensäure brodelt. Er verschluckt sich und hustet. Danach muss er sich die Tränen aus den Augen wischen. Er weint wegen Nordic Mist. Er lauscht. Alles bleibt still in Tecina.

Juan schläft tief und abgefüllt vom Wein. Er liegt schräg auf dem Bett und schnarcht.

Manrique hat spielerisch leicht einen ersten Etappensieg errungen: Morgen werden sie etwas unternehmen. Zu einem Ausflug in den Barranco de Erque starten. Haben spät abends noch nach dem Essen im romantisch beleuchteten Restaurant diverse Shops aufgesucht. Zwei kleine, leichte Rucksäcke gekauft. Neue Safarihosen und bequeme Wanderschuhe. Alles im Partnerlook. Sie wollen einen Tag pure Natur genießen. Nur das Allernotwendigste mitnehmen. Klettern. In Maßen Abenteuer.

Alles war schön. Jede Sekunde des Einkaufs. Bis Juan schlapp gemacht hat und partout ins Bett musste. Warum hat er nur so viel Wein getrunken? Das ist doch sonst nicht seine Art... Und er ist auch sofort eingeschlafen, der teuflisch schöne Halbgott. Entzieht sich durch Trunkenheit. Er ist unschuldig... Oder tut er nur so?

Morgen wird sich alles entscheiden. So oder so. Es lässt sich nicht länger aufschieben. Auf der Fortaleza waren sie bereits kurz dran an so einem Moment... Und der Barranco de Erque, die Hexenschlucht, ist nahezu prädestiniert für die Stunde der Wahrheit.

Die Vulkane, obgleich sie so alt sind, Millionen Jahre, haben noch immer ein großes Strahlungsfeld. Er als Stadtmensch und moderner Geist steht so manchem kritisch gegenüber. Aber La Gomera ist mächtig. Die Kraft der

Vulkane hat Manrique erfasst und reicht mittlerweile bis in seine Träume hinein. Seltsame Träume. Er hat Angst verspürt. Schreie gehört. In einer schrecklichen Vision hat er Juan gewürgt. Seinen Hals zugedrückt. Fest. Immer fester. Bis sein Röcheln erstickte.

Er war hochgeschreckt. Schweißnass und eiskalt im Herzen. War ins Bad gewankt und hatte den Kopf unter die Dusche gehalten. Bis er wieder einigermaßen zu sich kam, verging eine Ewigkeit. Eine Zeitspanne, die Juan verpasste, weil er kopfhörerversiegelt im musikalischen Koma lag.

Mein Gott, wie eifersüchtig ich bin! Ich bin maßlos und gierig. Ich will Juan nicht verlieren. Nicht hier auf Gomera und nirgendwo sonst auf der Welt. Ich will die Allianz. Die Heilige Hochzeit. Ich will das Totale. Ich will alles.

Die Nacht ist kalt und klar. Aber dennoch spürt Manrique: Es braut sich ein Gewitter zusammen. Energie sammelt sich, staut sich auf. Früher oder später muss es zur Entladung kommen.

Er wendet sich zum Schlafzimmer. Im Mondlicht liegt Juans muskulöser Körper. Mondschein schmeichelt seiner Haut. Er hat das dünne Laken fast gänzlich von sich abgestreift. Er liegt da wie ein Gemälde.

Manrique schleicht auf Zehenspitzen zum Bett. Schlüpft vorsichtig unter die Decke. Er liegt lange still auf dem Rücken. Atmet mit Yogatechnik. Er versucht sich leer zu machen. Mit dem Rauschen des Meeres zu verschmelzen. Eins zu werden mit dem Wind. Welten-Atem. Danach fühlt er sich sehr erfrischt. Aber der Schlaf will nicht kommen.

28 In der Hexenschlucht, La Gomera

Es fängt alles ganz harmlos an… Sie haben nicht im Tecina gefrühstückt, sondern sich Lunchpakete packen lassen für das Picknick am Mirador. Brötchen mit Serrano-Schinken, frischem weißem Ziegenkäse, Avocados, Erdbeeren und Bananen. Sie haben Thermoskannen mit heißem Tee und kühlem Mineralwasser dabei. Sie steigen im Partnerlook in den weißen Seat. Neue Safarihosen, weiße T-Shirts und Sonnenbrillen.

Sie fahren langsam und auf die Umgebung bedacht. Es ist früher Morgen. La Gomera erwacht mit den Strahlen der Sonne, die das Land in Streifen färbt. Hell und dunkel. Licht und Schatten. Der Tafelberg. Diese schwindelerregende Piste ohne Geländer. Die gewaltige Schlucht.

Manrique steuert konzentriert den Wagen. Er fühlt sich verkrampft. Eine Verspannung, die mehr und mehr zunimmt, je näher sie dem Ziel kommen. Ich werde alt, denkt er. Verdammte Scheiße, ich werde alt. Er hat kaum geschlafen, ist überreizt wach. Alles wirkt irgendwie zu grell an diesem Vormittag. Zu deutlich.

Sie erreichen den Mirador. Steigen aus und bereiten sich zum Picknick vor. Seit Tecina haben sie kein Wort miteinander gesprochen. Das bleibt auch jetzt so. Sie schweigen und lassen den Barranco sprechen. Tierstimmen schallen herauf, seltsame einzelne Rufe und Laute, die niemand einzuordnen vermag. Auch der Wind spricht. Flüstert mit Geisterstimmen.

Manrique hat – im Gegensatz zu Juan, der in Katerstimmung aus dem Auto gekrochen ist und sich in Zeitlupe bewegt – bei der Ankunft sofort den Namen des kleinen weißen Hauses gecheckt: Villa Esperanza. Hoffnung. Der Name hat ihn seltsam berührt. Das Haus auch. Und dann diese wahnsinnige Schlucht. Esperanza… gibt es noch Hoffnung?

Es fängt ganz harmlos an: »Ich hab keine Lust zum Klettern. Ich fühl mich nicht gut.«

»Du hast gestern ein bisschen zu viel getrunken.«

Juan nuschelt vor sich hin. »Kann schon sein. Mir ist schwindelig. Ich fühle mich nicht sicher beim Klettern.«

»Wir müssen nicht klettern.«

»Aber du wolltest doch… Ach, Mist, vergiss es.«

Manrique steht auf und tritt an den Rand des Abgrunds. Ohne Juan anzusehen, fragt er: »Warum hast du dich eigentlich betrunken?«

Juan hat sich auch erhoben. Er muss ein paar Sekunden tief durchatmen, als er die unendliche Tiefe vor seinen Füßen sieht. Ein Schritt nur. Er schwankt und kämpft um sein Gleichgewicht.

Er hat sich wieder im Griff. »Meinst du, ich habe das mit Absicht getan? Es war ein langer, heißer Tag. Ich hatte Durst. Ich hab es einfach nicht gemerkt.«

Manrique grinst verbissen und knirscht mit den Zähnen. Mit Tunnelblick starrt er in die Schlucht, ohne etwas wahrzunehmen. Er hört sich selbst überlaut sagen:

»Oder ist es wegen Abian?«

Jetzt ist es raus. Juan reagiert nicht. Er steht wie versteinert da. Mit seltsam leerem Gesichtsausdruck blickt er in die Schlucht.

»Ich habe dich was gefragt!«

In Juans Kopf wirbeln viele Gedanken zugleich herum. Woher weiß Manrique das? Er hat ihm doch nicht das Foto gezeigt. Keinen Anlass geboten. Die SMS sofort gelöscht. Woher weiß Manrique den Namen? Er kann nicht antworten. Er kann nichts sagen. Nur lange schweigen.

»Spionierst du mir nach?« fragt er endlich. Juans Stimme ist trotzig und belegt.

»Warum belügst du mich?«

»Ich lüge nicht.«

»Du verheimlichst mir eine Kleinigkeit.«

»Nein.«

»Du hintergehst mich! Meinst du, ich bin blind?«

Juan dreht plötzlich durch. »Du gehst mir gehörig auf den Sack, Mann! Hör endlich auf mit deiner tuntenhaften Eifersucht! Du benimmst dich ekelhaft! Du hässlicher, alter Mann!«

»Ekelhaft?« wiederholt Manrique Juans Worte, die ihn wie Peitschenhiebe getroffen haben. Hässlicher, alter Mann… »Sprich ruhig weiter. Kotz deinen ganzen Frust raus. Jetzt ist die Stunde der Wahrheit. Sag nur alles, was du auf der Seele hast. Was du über mich denkst. Tu deinen Gefühlen keinen Zwang an. Pack aus. Uns hört ja niemand. Wir sind ganz alleine. Es gibt keine Zeugen. Keinen Dritten. Es gibt nur uns beide. Dich und mich!«

Er geht einen Schritt auf Juan zu. Sie stehen erschreckend nahe am Abgrund. Doch das merken beide nicht. Es gibt tatsächlich nur Juan und Manrique.

»Also, was ist?«

Manriques Atem keucht. Seine Augen funkeln irre und verzweifelt. In diesem Moment ist er wirklich hässlich. Ein Zerrbild seiner selbst. Eine hässliche alte Fratze mit kahlem Schädel, blöden Glubschaugen. Ein eklig aufdringlicher alter Mann. Widerlich stinkend und abstoßend und unerotisch.

»Ich hasse dich«, flüstert Juan und starrt das Gespenst vor sich an. »Ich hasse dich. Ich hasse dich!«

Wie in seinen Albträumen hält Manrique Juan plötzlich an der Kehle gepackt. Er drückt unerbittlich zu. Hart, voller Hass und Gewalt. Er hat die Zähne gefletscht und stößt ein unverständliches, böses Fauchen und Zischen aus. Es brodelt in ihm. Er ist ein Vulkan kurz vor dem Ausbruch. Die Luft ist energetisch aufgeladen. Aus dem Barranco strahlt Lava die gespeicherte Hitze ab. Diese ewige Urgewalt hier ist genau der richtige Ort, um eine Entscheidung fürs Leben zu treffen…

»Wiederhol das noch einmal, was du eben gesagt hast«, keucht Manrique. »Los, wiederhol es auf der Stelle!«

»Du widerst mich an!«

Aber Juan und Manrique sind keineswegs allein am Barranco. Es gibt einen Augenzeugen des Dramas: Karl Koller.

Karl Koller, der Voyeur. Der Protokollant. Nachher wird er zum Vollender werden. So wie ein Schmetterling aus dem Kokon entschlüpft. Und davor Raupe war… Aber das geht nur, wenn Carlos die Oberhand gewinnt…

Vorerst beobachtet er nur. Er hat sich, dicht an die Hauswand gelehnt, im Schatten verborgen. Unbeweglich und starr. Ist unsichtbar geworden. Er hat den Wagen kommen gehört. Den weißen Seat Ibiza gesehen. Er hat die beiden sofort wiedererkannt.

Er sieht Manrique aussteigen. Mit heftigen, kantigen Bewegungen. Mit Aggressivität aufgeladen. Einen Menschen, der unter höchster Anspannung steht. Der sich nur mühsam beherrscht. Jeden Moment explodieren kann. Und Juan. Träge schleichend wie eine Katze. Und misstrauisch, als ob er Prügel erwarte. Was ist mit den beiden passiert?

Nun sitzen sie auf der Mauer. Haben sich auf dem Mirador ausgebreitet. Rucksäcke abgestellt. Die Schuhe gewechselt. Dann ausgiebig ein Frühstück zelebriert. Tee aus der Thermoskanne. Alles schweigend. Kein Gespräch. Haben den Stimmen gelauscht, die jetzt aus dem Barranco aufsteigen.

Carlos lacht mit der Kehle einer Krähe. Es klingt schrill in den Ohren. Scharf wie ein Schlachtermesser. Dann folgen die Geister. Die alte Voodoo-Hexe von der Moskito-Küste regnet als schwarze Wolke von den Bergen herab. Grajas. Jeder einzelne Vogel schreit mit ihrer Stimme. Karl Koller kennt inzwischen ihre Tricks. Er weiß, was sie drauf hat. Sie und die anderen elenden Kreaturen aus der Hexenschlucht. Er weiß, wie sie sich verkleiden können und wie sie untereinander die Stimmen wechseln, um zu verwirren.

Juan und Manrique werden es bald zu spüren bekommen…

Karl Koller, der Protokollant, erhebt sich. Er schleicht aus dem Schatten im Schutz der Felsen näher heran. Er ist der einzige Gast im großen Theater. Und der Mirador ist die Bühne, auf der Juan und Manrique die Hauptdarsteller sind. Sie fühlen sich allein und unbeobachtet. Sie liefern sich ein Duell.

Und ich, Karl Koller, werde zum Vollender. Ich lasse Carlos gewähren. Carlos mag keine Schwulen...

Juans Schrei gellt durch den Morgen, als beide aus dem Gleichgewicht geraten und ins Bodenlose stürzen. Die Schlucht ist tief, mit vielen scharfen Kanten. Ihre Körper purzeln wie Marionetten vom Spielfeld. Sind verloren, als der Schrei verstummt.

Carlos beugt sich über die Steinmauer. Kann aber nichts erkennen. Er klettert ein Stück hinunter in die Schlucht. Nichts. Nur Stille. Dann sieht er die blutige Hand. Neben einem Strauch klammert sie sich fest. Ein Felsvorsprung bietet dort Halt.

Carlos tastet sich vorsichtig näher heran. Als er sich über den Felsen beugt, erkennt er das dazugehörige Gesicht. Es ist Manrique. Er blutet quer aus der Stirn. Seine Augen, sein Mund sind weit aufgerissen. Er röchelt. Es könnte »Juan« heißen oder »Hilfe« oder auch etwas anderes. Es ist mehr ein Stöhnen. Nicht zu verstehen.

Wenn Karl vorhin Vollender und Richter war, dann ist er, Carlos, jetzt der Vollstrecker. Das Urteil ist ohnehin schon gefallen. Juan liegt zerfetzt in der Schlucht. Und Manriques Leben hängt am seidenen Faden. Diesen Faden trennt Carlos nun ab.

Er setzt seinen Schuh auf Manriques Hand. Dann tritt er ihm voll ins Gesicht. Mit einem gurgelnden Schrei stürzt der nutzlose Körper ab.

Später, wieder am Mirador, durchwühlt er die Rucksäcke. In einer Seitentasche findet er Bargeld. Er bedient sich hemmungslos der Scheine. Dieser Lohn steht ihm zu.

Wenn sonst schon nichts zu finden ist. Keine Schlüssel. Keine Pässe, die zu neuer Identität verhelfen könnten. Müssen wohl in Manriques Safarihosen gewesen sein. Und der liegt jetzt in der Schlucht bei seinem Geliebten.

Der Barranco frisst sie gnadenlos auf und hinterlässt wenig Spuren…

29 El Médano, Teneriffa

Auf dem Schiff sind keine Gespenster. Niemand befindet sich auf Deck, der auch nur annähernd Saskia ähnelt. Oder Conchita. Juan. Manrique. Estobal. Dr. Brenner… Die Gespenster sind im Barranco geblieben. Er kann endlich wieder frei durchatmen.

Aber Carlos ist noch immer auf der Flucht. Bleibt vorsichtig. Fühlt sich dabei wie in einem falschen Film. Nichts von dem, was rund um ihn herum geschieht, berührt ihn. Ist Kulisse. Die Menschen. Das Schiff. Das Meer. Die sich nähernde Küste mit den weißen Hotels von Los Cristianos. Alles nur Kulisse. Potemkinsche Dörfer einer großen, göttlichen Inszenierung.

Er lässt sich, nachdem das Schiff umständlich lange mit lautem Krach und Getöse angelegt hat, von einem Taxi nach El Médano bringen. Vorbei am roten Feuerberg Montaña Roja. Mietet sich im ersten Hotel nach der wüstenartigen Naturschutzzone und den Dünen ein. Hotel

Playa Sur. Viele Surfer. Ein fantastisch weit geschwungener, feiner Sandstrand. Beachtliche Wellen. Guter Wind. Drachenflieger und Paraglider. Viele braungebrannte Körper. Und ein brüllendes Meer.

Er sitzt lange in den Dünen und lässt seine Seele mit dem Wind fliegen. Hat er früher oft gemacht. Schon als Kind. Wenn er einsam und traurig war. In seinem Baumversteck saß, um die anderen beim Spiel zu beobachten. Oder nachts Liebespaare beim Sex. Er blieb unsichtbar. Gut getarnt. Regungslos. Wie ein Chamäleon.

Genau diese Tatsache, dass er nämlich sich bewusst unsichtbar machen konnte, war auch der Grund für seinen Entschluss. Eines Tages fing er an, Protokoll über seine Beobachtungen und Erlebnisse zu führen. Der Schriftsteller war geboren. Natürlich durfte niemand bisher diese Protokolle lesen. Sie waren geheim, streng vertraulich, intim. Sie gehörten nur ihm und gingen keinen Menschen sonst etwas an. Sie waren sein ständig wachsender Schatz. Seine Welt. Deren Geheimnis er geschickt zu verteidigen wusste. Niemand kannte den großen Plan. Außer ihm. Und das verlieh ihm Macht. Machte ihn so einzigartig und besonders. Er kann es sich leisten, arrogant zu wirken.

Später schlendert er über breite Holzwege am Strand entlang bis El Médano. In einer winzigen Kneipe direkt am Meer isst er überbackene Miesmuscheln mit Pommes und trinkt einen Krug eiskaltes Bier dazu. Danach *Crema Catalana* und *Cortado leche condensada*.

Im Playa Sur schläft er gut. Ein zum Sturm auffrischender Wind rüttelt zwar an den gläsernen Schiebetüren des Balkons. Auch die Palmen unten wiegen sich raschelnd. Aber ihn quälen keine unerwünschten Träume mehr. Die Moskito-Küste liegt fernab. Es gibt keine Bananen mehr. Kein Massaker. Der Swimmingpool bleibt türkisblau und färbt sich nicht von Rosa zu Blutrot. Kein Messer in Saskias Bauch. Das viele Blut in der Villa Esperanza. Keine dämliche Visage von Manrique mehr. Und Juan. Dem schwulen Pack.

Er hat seine Tabletten gegen Seekrankheit, Flugangst und Migräne endlich gefunden. Sie steckten die ganze Zeit über in seiner Jackentasche. Nun kann er schlafen.

Am nächsten Morgen holt ihn sehr früh das bestellte Taxi ab, das ihn die kurze Strecke bis zum Flughafen Tenerife Sur fährt. Überraschenderweise hat er am Tag zuvor noch ein Ticket nach Frankfurt ergattern können. Ein Glücksfall. Ein gutes Vorzeichen, das er nutzen will. Alles verläuft nach Plan.

Nur im Flugzeug, als er nach dem zweiten Glas Wodka Lemon übermüdet wegsackt, kommt sein Zeitgefühl aus dem Lot. Er sitzt plötzlich wieder in diesem Ferienflieger nach Ibiza. Und Saskia, die Stewardess in ihrem engen, geilen Kostüm, wird jeden Moment auftauchen, um ihn nach seinen Wünschen zu fragen.

Der erste Blickkontakt. Das erste eindeutig zweideutige Wortgeplänkel… Und dann später die überfüllte Bar im Hotel. Robby Williams sang… Das war an diesem Abend ihre Musik. Der Auftakt zu einer aufregenden Beziehung. Sie vögelten den Rest der Nacht wie besessen…

Da kommt sie ja schon. Stöckelt mit langen Beinen auf hohen Absätzen heran. Lächelt devot und etwas hinterhältig zugleich. »Hallo Karl«, sagt sie und streichelt seine Hand beim Abstellen des Tabletts. »Wie ist es gelaufen?« Ihre Brüste wölben sich im Kostüm.

»Bisher gut«, raunt er zurück. »Lass uns nachher darüber reden. Wenn wir gelandet sind.«

»Okay. Ich warte dann am Counter auf dich. Du weißt schon: Terminal 1, Halle B, Ausgang 6.«

»Ich stehe auf Sex.«

»Ich auch«, flüstert sie in sein Ohr.

Sie muss mit dem Servicewagen weiter. Die anderen Passagiere bedienen. Die dummen Schmarotzer.

Er blickt ihr im Gang nach. Bekommt eine Erektion. Dann versperrt ihm so ein dickes, hässliches Luder den Blick. Seufzend schließt er die Augen, faltet die Hände über dem Bauch und schläft ein.

Er schläft viel zu lange. Wird brutal von einer Lautsprecherdurchsage geweckt. Sie befinden sich bereits im Landeanflug auf Frankfurt. Er blickt seitlich über die Schulter seines Nachbarn aus dem Kabinenfenster. Eine Landschaft, die in Flickenteppiche zerrissen ist. Alles zersiedelt und ohne natürliche Ordnung. Dann ein kurzes Stück dunkler Wald. Dicht unter ihnen. Eine Autobahn. Vorbeihuschende Wolkenfetzen.

Sie setzen etwas härter als nötig auf. Die Passagiere beginnen erleichtert zu klatschen.

30 Polizeistation Playa de Santiago, La Gomera

»Gut, dass ihr kommt«, sagt Lucia. »Ihr könnt gleich wieder rausfahren, Jungs. Es gibt Arbeit für euch.«

»Sondereinsatz«, sagt Ana und verrät mit ihrem Gesichtsausdruck, dass sie bereits bedeutend mehr über den Fall weiß.

Alfonso Torres und Manuel Ramos verziehen gleichermaßen ihre Mienen. Für sie kommt das alles sehr ungelegen. Eigentlich wollten sie nachher ins Stadion von Alajeró. *Lucha Canaria.* Qualifikationskämpfe. Eine Mannschaft von El Hierro (die überheblichen Bullen!) gegen ein bunt gemischtes Team von Gomera. El Capitán und Felipe sind nicht da. Dienstlich verhindert. Also muss ja jemand dort für Ordnung sorgen. Außerdem werden spannende Duelle erwartet…

»Worum geht es denn?«

»Es wurden zwei weitere Leichen gefunden«, sagt Lucia.

»Im Barranco de Erque«, ergänzt Ana. »Ob ein Unfall vorliegt oder ein Doppelmord, ist noch nicht klar.«

»Na, Prost Mahlzeit«, brummt Alfonso Torres ungehalten. »Und wer hat es gemeldet? Doch nicht etwa wieder José Ferrera?«

»Nein, diesmal nicht. Ein Ziegenhirte aus Erquito.«

»Und wo genau ist der Fundort?«

»Unterhalb des Miradors im Barranco de Erque. Da liegt ein einzelnes Haus direkt an den Klippen. Villa Esperanza. Kennt ihr das?«

»Doch nicht etwa das Geisterhaus«, stöhnt Manuel Ramos. »Es stand jahrelang leer, weil etwas mit den Besitzern passiert ist. Keiner wollte es haben. Erst im vorigen Jahr hat ein Deutscher die Bude gekauft und zum Ferienhaus umgewandelt. Trotzdem wollte keiner da Urlaub machen. Habe ich jedenfalls von Oscar gehört.«

»Das Haus hat damit nichts zu tun. Die beiden Leichen sind unterhalb des Miradors entdeckt worden. Sagt der Hirte.«

»Ach, noch was«, sagt Ana. »Auf dem Parkplatz dort steht ein weißer abgeschlossener Seat Ibiza. Gehört wohl den Opfern.«

»Scheiße«, sagt Alfonso Torres, als sie das Tor der Polizeizentrale verlassen. »Scheiße. Scheiße. Scheiße. Weißt du, was das alles für uns bedeutet, *Amigo*? Wir versäumen nicht nur die Lucha-Kämpfe. Wir müssen auch noch allein ermitteln. Jetzt, da El Capitán auf Dienstreise ist und Felipe auch nicht erreichbar. Wir haben die Scheiße am Hals!«

Alfonso Torres fährt langsam, aber wütend. Die Piste ist ein einziger Albtraum. Jede Kurve muss mit Vorsicht genommen werden, denn die Straße ist zwar frisch asphaltiert, aber schmal und ohne begrenzendes Geländer. Doch so langsam er auch rollt, es lässt sich nicht hinausschieben. Das ist beiden klar. Dann kommt die Abwicklung. Routiniert und nach Vorschrift. Das volle Programm. Und alles möglichst ohne Fehler.

Manuel Ramos ist bei der ganzen Sache ein Risikofaktor. Er ist nicht völlig schwindelfrei. Nicht so wie Alfonso Torres. Er wird sich weigern, hinab in die Schlucht zu steigen. Der versoffene Schisser. Also wird das meiste wieder einmal an ihm hängenbleiben. Na herrlich!

31 Barranco de Erque, La Gomera

Am Mirador steht das besagte Auto. Ein Mietwagen mit Aufkleber und Werbung für einen gewissen Herrn Neumann. Autos. Immobilien. Ferienservice rund um die Uhr. Eine Telefonnummer. Manuel Gómez tippt sie ein. Ruft an. Reine Routine.

Er ist überrascht, dass sich nach relativ kurzer Zeit die Stimme einer kanarischen Mitarbeiterin und – nach knappem Vorgespräch – schließlich Herr Neumann meldet.

»Vermissen Sie ein Fahrzeug? Weißer Seat Ibiza. Kennzeichen…« Er liest die Buchstaben und Zahlen vom Nummernschild ab. Wiederholt das Ganze vorsichtshalber. Als Herr Neumann bestätigt, fragt er weiter: »Wer hat das Fahrzeug gemietet?«

»Moment, ich seh' mal nach… Das habe ich gleich«, sagt Herr Neumann. Hörbar bemüht, der Polizei behilflich und nützlich zu sein. »Ach, ja, hier: Manrique Vegas, wohnhaft in Valencia… und als mitbenutzender Beifahrer ist ein gewisser Juan Ortega eingetragen…«

»Haben Sie die beiden persönlich getroffen? Können Sie sich an sie erinnern?«

»Tja, naja, warten Sie mal. Aber natürlich. Das waren doch diese beiden sehr gepflegten Herren. Sie verstehen schon, was ich meine. Ja, ich kann mich gut erinnern.«

»Das ist großartig. Vielen Dank, *Señor*«, würgt Manuel Gómez ab, bevor sein Gesprächspartner weitere Details nennen kann. »Sie haben uns fürs Erste sehr geholfen. Halten Sie sich bitte zur Verfügung, falls sich noch weitere Fragen ergeben. Der Wagen bleibt bis zur Aufklärung des Falles natürlich beschlagnahmt.«

»Selbstverständlich, selbstverständlich«, stottert Herr Neumann, der kürzlich erst mit Mühe und Not einer Steuerfahndung entgehen konnte. Hat ihn viel Schweiß, viele Nerven und eine Stange Bargeld gekostet. Er ist froh, dass es diesmal harmlos abläuft. Er ist nur peripher betroffen.

Manuel Ramos drückt das Gespräch weg.

»Da steht einer. Da, im Schatten«, sagt Fernando Torres und deutet mit dem Zeigefinger zum Haus. »Wird wohl der Ziegenhirte sein. Unser Zeuge.«

Sie gehen auf die Villa Esperanza zu und fangen an, den jungen Mann zu befragen. Der Bursche ist wortkarg, aber nicht feige. Ja, er hat die Körper entdeckt. Einen unten und einen mehr oben. Aber er ist nicht hin geklettert. Ist nicht dicht dran gewesen. Er hat nichts berührt. Auch nicht die beiden Rucksäcke, die am Mirador an der Mauer lehnen. Und die Reste vom Picknick. Er hat nichts weiter gesehen oder gehört. Keine Schreie. Alles sei still im Barranco gewesen. Nur die Grajas hätten ihn aufmerksam gemacht. Ein großer Schwarm, der über den Körpern kreiste. Sie hätten nicht einmal geschrien, was sie sonst immer täten. Seien sonderbar still gewesen. Irgendwie unheimlich seien sie durch die Schlucht geflogen.

Die Inspektion der Rucksäcke und im Umkreis des Picknickplatzes ergibt keine weiteren Hinweise. Keine Autoschlüssel. Keine Papiere. Kein Bargeld. Jedenfalls nicht hier. Im Auto kann noch was liegen. Aber dafür brauchen sie den Schlüssel. Kann sein, dass alles bei den Leichen ist. Verdammter Mist!

»Wir müssen Verstärkung anfordern. Die Guardia Civil. Bis dahin unternehmen wir nichts. Das heißt, du verhörst weiter den Hirten. Machst das Protokoll wasserdicht. Ich kümmere mich um die Kollegen. Wenn die kommen, gehe ich mit denen runter.«

»Spiel bloß nicht den Helden«, sagt Manuel Ramos. »Du kannst genauso gut Fotos vom Tatort machen.«

»Wovon denn? Von dem blöden Haus da?« knurrt Alfonso Torres. »Oder von der Schlucht? Fürs Familienalbum? Nein, mein Lieber. Die Fotos spare ich mir für nachher auf. Wenn wir dran sind. Wenn's wirklich was zu fotografieren gibt.«

»Du bist pervers.«

»Nein, bloß realistisch. Vielleicht stecken die Papiere, die Schlüssel, das Geld noch in irgendwelchen Taschen am Körper. Wäre doch möglich. Wenn du mich fragst: An diesem Punkt halte ich alles für denkbar. Ein tragischer Unfall durch Leichtsinn. Selbstmord. Mord. Raubmord. Doppelmord. Du kannst es dir aussuchen.«

Manuel Ramos ist blass um die Nase geworden. Er mag diese Schlucht nicht. Er ist nicht sonderlich abergläubisch. Aber er weiß, dass man sie die Hexenschlucht nennt. Wie kann man hier bloß arbeiten, wohnen, leben?

Der junge Typ aus Erquito sieht ja recht ehrlich aus. Ein Kerl, der es nicht nötig hat, zu lügen und Geschichten zu erfinden... *Bueno.* Er wird ihn weiter nach Einzelheiten befragen. So gut es geht. Das Protokoll vervollständigen und zu Ende bringen.

Später, als die Kollegen eintreffen, sogar eine erfahrene Seilschaft der Bergwacht, setzt sich das Puzzle langsam zusammen: Die Leichen der beiden Männer sind fürchterlich zugerichtet. Fast bis zur Unkenntlichkeit zertrümmert. Aber bereits in den Safarihosen des zuerst geborgenen Opfers finden sich in den Seitentaschen Papiere, eine Chipkarte vom Tecina und der Autoschlüssel. Aber kein Bargeld. Auch nicht in den Taschen des zweiten Opfers, das weiter unten gelegen hat und nur mühsam geborgen werden kann.

Alfonso Torres, der als Ermittler zu völlig ungeahnter Höchstform aufläuft, verständigt den Manager des Tecina. Ja, die beiden Herren haben einen Bungalow belegt. Ihre persönlichen Dinge liegen noch unberührt dort. Ja, es wird alles von den Sicherheitskräften abgesperrt. Nichts angefasst, bis die Spurensicherung eintrifft. Ja, es gibt einen Safe im Bungalow. Er bleibt bewacht.

Kein Bargeld, denkt Alfonso Torres. Seltsam, dass sie alles dabei haben. Nur kein Geld...

Er blickt misstrauisch zu Manuel Gómez hinüber, der noch immer neben dem Ziegenhirten steht. Aber das Protokoll ist lange beendet. Es gibt nicht mehr viel zu reden. Dafür haben sie alle mehr, als ein normaler Mensch aushalten kann, an diesem Tag gesehen.

32 Frankfurt Airport, Rhein-Main

Kurz vor dem harten Aufsetzen auf der Landebahn hatte er noch einen heftigen Rückfall in frühere Zeiten. Einen Traum. Conchita hat das Kostüm von Saskia übernommen. Sie ist nun die Stewardess. Sie steht, nach exotischem Parfum duftend, neben ihm und reicht ihm ein gefülltes Kondom.

»Einfach schlucken«, sagt sie. »Geht ganz leicht. Vorher eine Weintraube im Ganzen. Dann das Ei. Bester Koks aus Kolumbien. Ein kleines Regalo. Ein Geschenk.«

»Bist du irre? Niemals!«

»Dann eben nicht. War nur ein Scherz«, lacht sie und steckt sich das Ei selbst in den Mund. Die tut so, als schlucke sie es. Behält es aber im Mund. Bläst beide Backen auf und rollt mit den Augen, dass ihm schwindelig wird. Alles Schauspiel.

Sie ist gar nicht Conchita. Sie ist die Hexe von der Moskito-Küste. Sie hat nur eine neue Verkleidung angenommen. Und den Weg zu ihm gefunden…

Die Lautsprecherstimme aus der anderen Welt rettet ihn. Reißt ihn hoch. Macht ihn hellwach, flucht- und kampfbereit. Er schnallt den Sicherheitsgurt ab, noch bevor die Maschine in die endgültige Halteposition gerollt ist. Er steht vor den anderen auf. Er bewegt sich schneller als sie. Hat ja auch kein Gepäck dabei: keine Belastung.

Er ist einer der ersten auf der Gangway. Kurz darauf versperren ihm drei unauffällig gekleidete Männer den Weg. Drängen ihn seitwärts ab. Der mittlere, ein älterer Mann mit dünnen grauen Haaren über der Glatze, ergreift das Wort: »Sind Sie Herr Koller? Karl Koller?«

Er sieht einen dezent gezückten Ausweis. Griffbereite Waffen an den Hüften der Begleiter. Es ist aussichtslos zu entkommen.

»Ich heiße Carlos. Carlos Vegas.«

»Dürfen wir bitte Ihre Papiere sehen?«

Er fasst ganz langsam in die Brusttasche seiner Jacke. Zieht Pass und Flugticket hervor. Reicht es in Zeitlupe dem Alten. Der prüft gründlich. Blickt ihn aus kalten, stahlgrauen Augen an.

»Also, Herr Koller. Was sollen die Mätzchen? Ich bin Hauptkommissar Sievers. Ich verhafte Sie wegen des dringenden Verdachts, Ihre Freundin Saskia Weber ermordet zu haben. Ich mache Sie darauf aufmerksam, dass alles, was Sie von nun an sagen, gegen Sie verwendet werden kann.«

Carlos lacht laut auf. Sein berühmtes Graja-Lachen. Der Kommissar bleibt unberührt. Er muss taub sein.

»Wieso lachen Sie?«

»Ich lache, weil ich mit meiner Freundin Saskia Weber eben noch im Urlaub war«, sagt Karl Koller.

»Und wo ist sie jetzt?«

Karl Koller lässt sich von den blöden Zwischenfragen nicht irritieren. »Wahrscheinlich noch auf Gomera. Oder schon wieder in Frankfurt.«

»Sie ist in Frankfurt«, sagt Sievers, »aber im Leichenschauhaus. Sie wurde ermordet.«

»Blödsinn!« lacht Karl Koller. »Sie war doch dauernd bei mir. Wir haben zusammen Urlaub gemacht.«

»Sie haben sie in der Küche ihrer Wohnung in Frankfurt niedergestochen und verbluten lassen. Vor mehr als einer Woche!« sagt Sievers unerbittlich. Seine Miene bleibt unbewegt. »Kommen Sie mit. Das Weitere klären wir dann im Polizeipräsidium. Ich nehme an, Sie benötigen einen Anwalt...«

Auf der gesamten Fahrt lacht er leise vor sich hin. Einen Anwalt! Diese Deppen! Wozu braucht er einen Anwalt? Er ist unschuldig. Er kann sich jederzeit selbst verteidigen.

Das ist doch alles eine Verwechslung! Wieder mal so ein falscher Film... Saskia kann nicht tot sein. Er hat sie nicht ermordet. Und wenn, dann auf Gomera. Dort im Geisterhaus... Also was redet der Kerl da? Sie kann doch unmöglich an zwei Orten zugleich sein. Und jedes Mal tot...

Es ist der reinste Irrsinn. Aber es wird sich hoffentlich bald alles aufklären. Da ist er sich sicher. Irgendjemand wird ihm aus der Patsche helfen. Ihn an die Hand nehmen und aus diesem seltsamen Saal des Gehirnkinos führen... Notfalls Dr. Brenner!

Wieso ausgerechnet Dr. Brenner?

Der Schnüffler. Der Spitzel.

Aber Dr. Brenner kann auch sanft sein. Wie ein guter Vater. Er gibt gute Medikamente. Tabletten, die gegen die Schmerzen und Träume helfen. Vielleicht entpuppt sich Dr. Brenner noch als Trumpf...

33 Polizeipräsidium, Frankfurt am Main

»Ich bin bereit, eine Aussage zu machen«, sagt er Stunden später, nachdem er sich wieder einigermaßen beruhigt hat. Es ist Vormittag. Den Rest der vergangenen Nacht hat er bewusstlos in einer Zelle verbracht. Er besitzt keinerlei Erinnerung mehr daran.

»Ich will endlich dem Spuk ein Ende machen. Ich bin selbst daran interessiert, den Sachverhalt aufzuklären...«

Er blickt sich im Vernehmungsraum um. Hauptkommissar Sievers sitzt ihm gegenüber am Tisch. Hat das Mikro eingeschaltet. An der Tür lehnen zwei weitere Personen. Ein kräftig gebauter Mann mit grimmigem Gesicht. Und eine Frau, die regungslos dasteht und zuhört.

»Ich höre.«

»Sie können mir viel erzählen und mir die Worte im Mund verdrehen. Ich bleibe dabei: Ich war mit meiner Freundin Saskia auf Gomera.«

»Am Küchenmesser befinden sich Ihre Fingerabdrücke. Sie haben überall in der Wohnung Spuren hinterlassen.«

Dieser sture Fels von Sievers bleibt völlig unberührt. Bewegt keine Miene. Seine Haare sind seidig dünn. Er ist unrasiert, hat hellgraue Bartstoppeln am Kinn. Sieht aus, als sei er ständig übermüdet.

»Sie haben Saskia Weber auf brutalste Weise ermordet. Bestialisch abgeschlachtet. Die kriminaltechnische Untersuchung spricht von mehr als zehn Stichen, die mit großer Gewalt ausgeführt wurden. Sie müssen außer sich gewesen sein, Herr Koller. Rasend vor Wut haben Sie auf die junge Frau eingestochen. Das Messer in ihrem Bauch stecken lassen. Sie sind Hals über Kopf nach Teneriffa geflohen… Soll ich weitermachen?«

»Bitte, bitte«, sagt Karl Koller. »Wenn es Ihnen beliebt. Machen Sie ruhig weiter mit Ihren Schauergeschichten. Ich bin gespannt, wie es weitergeht.«

»Sie waren tatsächlich auf La Gomera. Die spanische Polizei ermittelt inzwischen ebenfalls gegen Sie. Es besteht der Verdacht, dass Sie in engem Zusammenhang mit dem Tod zweier Touristen stehen.«

»Das wird ja immer absurder!«

»Sagen Ihnen die Namen Manrique Vegas und Juan Ortega etwas?«

»Nie gehört.«

»Sie stammen aus Valencia. Waren in Urlaub auf La Gomera.«

»Und was habe ich damit zu tun?«

»Sie haben die beiden zuletzt lebend gesehen.«

»Quatsch!«

»Juan und Manrique waren ein Paar.«

»Ich stehe nicht auf Schwule.«

»Nein. Natürlich nicht. Sie hassen sie. Sie haben blanken Hass und blinde Wut an ihnen ausgelassen. Sie haben sie in die Schlucht gestoßen.«

»Ach, Blödsinn. Ich wiederhole: Ich habe niemanden umgebracht. Weder meine Freundin noch irgendwelche

Spanier. Ich war mit Saskia im Urlaub auf Gomera… Wissen Sie, ich arbeite gerade an einem neuen Buch. Hab sie wohl ein bisschen vernachlässigt dabei. Deswegen ist sie abgehauen. Sie ist eben so. Ist ja nicht das erste Mal, dass sie solche Sachen durchzieht. Sie wird schon bald wieder auftauchen…«

»Sie ist wieder aufgetaucht. Sie liegt obduziert in der Gerichtsmedizin. Wollen Sie sie sehen?«

Er schluckt. Seine Kehle ist trocken. Er krächzt die Worte hinaus: »Kann ich etwas zu trinken haben?«

Hauptkommissar Sievers bleibt unberührt, als habe er die Bitte nicht verstanden. Er beugt sich über den Tisch näher an sein Gegenüber heran. Schachspieler verhalten sich so in ihrer Körpersprache, wenn sie beeindrucken wollen. Dieser Sievers scheint ein gewiefter Fuchs zu sein…

»Jetzt mal unter uns, Herr Koller… Wie viele Morde haben Sie auf dem Gewissen: einen, zwei, drei? Oder noch mehr? Ich meine: reale Morde, mit echten Leichen. Nicht Ihre abenteuerlichen Hirngespinste, hinter denen Sie sich als selbsternannter Schriftsteller verbergen…«

»Was erlauben Sie sich!«

»Ihr Laptop wurde sichergestellt. Wir haben den Inhalt inzwischen ausgewertet…«

»Das ist völlig unmöglich!« schreit Carlos. »Der Barranco hat alles gefressen!« Er merkt, dass er in einer verdammten Falle gelandet ist. Schlimmer noch als damals auf Estobals Veranda. Das Kartell ist zu mächtig. Es gibt kein Entkommen.

»Nicht alles«, sagt Sievers. »Vieles war einfach zu unverdaulich. Da musste selbst ein Barranco kotzen.«

Sie starren sich beide reglos und hasserfüllt an.

Sievers spricht gnadenlos weiter: »Außerdem liegen noch andere Beweise vor, die Sie schwer belasten. Das Tagebuch Ihrer Freundin zum Beispiel. Sie beschreibt darin sehr deutlich ihre Probleme, die sie mit Ihnen hatte. Die zahllosen Auseinandersetzungen. Sie waren ihr gegenüber mehr als einmal gewalttätig. Sie wollte die Beziehung beenden. Und das, obwohl Sie ihr hoch und heilig versprochen hatten, sich deswegen in eine Therapie zu begeben. Sie hat Schluss mit Ihnen gemacht. Das haben Sie nicht ausgehalten. Sie haben sie mit blindem Hass getötet! Oder in einem Anfall von Wahnsinn… Sie haben sich keinerlei Mühe gegeben, die Spuren Ihrer Tat zu verwischen. Es sieht fast so aus, als wollten Sie, dass man Sie fasst. Damit der Irrsinn endlich ein Ende hat. Ist es das? Korrigieren Sie mich, wenn ich mich irre…«

»Sie liegen völlig falsch mit Ihren Spekulationen!« ruft Karl Koller. Maßlose Wut steigt in Carlos hoch. Er möchte aufspringen. Den Tisch umstoßen. In das feiste, blasse Käsegesicht des Kommissars schlagen. Ihn mit der Machete köpfen.

Blitzschnell besinnt er sich auf eine andere Strategie. »Es hat keinen Zweck, dass wir weiter diskutieren«, sagt er ruhig mit Karl Kollers Stimme. »Rufen Sie Dr. Brenner an. Dr. Brenner kann alles erklären.«

34 Aeropuerto Los Rodeos, Teneriffa

Es ist noch keine halbe Stunde her, dass die kleine Maschine von La Gomera aus gestartet und übers Meer nach Teneriffa geflogen ist, im weiten Bogen am Teide vorbei. Nun setzen sie im Norden der Insel bald zur Landung an.

Bernardo Gómez und Felipe sitzen im Flugzeug. Felipe vorn rechts, El Capitán in der letzten Reihe. Er nimmt wegen seines Körperumfangs zwei Plätze ein und hält die Beine genüsslich ausgestreckt. Wegen der Distanz zwischen ihnen ist während des Fluges kein Gespräch möglich. Was auch gut ist. So kann Gómez ungestört nachdenken. Nein, er denkt nicht. Er meditiert eher. Lässt die vielen Fragen, die sich in den letzten Tagen ergeben haben, wie Phantombilder an sich vorbeigleiten, ohne Antwort zu geben…

Diese seltsame Nachricht neulich von Acosta. Dem Mann in Schwarz. Dem mysteriösen Sonderermittler aus Teneriffa. Und dann der Anruf direkt aus dem Hauptquartier. Von Mercedes. Die plötzliche Einladung zur Dienstreise. Die Kommissar Javier Ortega kurz danach als Sondereinsatz mit entsprechender Geheimhaltungsstufe umfunktionierte. Was geht hier vor?

Bernardo Gómez blickt bei den letzten Metern kurz vor dem Aufsetzen flüchtig aus dem Fenster. Der Mercedeswald liegt wolkenverhangen unter einem *Panza de burro*, Eselsbauch. Ein Vormittag zum Frösteln. Er seufzt und bringt Bewegung in seine erschlafften Muskeln. *Luchadores* scharren mitunter mit den Beinen, wie Stiere es vor Erregung tun. Merken oft selbst nicht, was sie da machen. Alles Reflex, alles Gewohnheit…

Dieses Treffen jetzt gleich. Nur Ortega und er. Zwei Chefs unter sich. Und Felipe. Ein Beweis besonderen Vertrauens, dass der Junge mitkommen darf.

Sie klettern die Gangway hinab, überqueren das Rollfeld zum Bus und benutzen beide Türen: Felipe die vordere beim Fahrer, Gómez die hinten, die er zuerst erreicht. Dann in der Wartehalle gleich an die Bar.

»Auch *Cortado*?« fragt Felipe und bestellt sich einen.

»Nein, lieber einen *Barraquito*«, knurrt El Capitán. »Am besten *completo* mit doppeltem Schuss. Ich glaube, das kann ich jetzt gebrauchen. Mein Magen ist irgendwie nicht in Ordnung. Ich habe so ein komisches Gefühl. Wer weiß, was uns heute noch erwartet…«

»Vielleicht eine weitere Mumie«, gähnt Felipe herzhaft. Er hängt wie ein Affe auf dem Barhocker, lehnt mit einem Arm und dem Oberkörper halb auf dem Tresen. Er sieht müde und übernächtigt aus. »Oder neue *Mulas*. Mann, hab ich Bock auf so was!«

»Nicht so laut«, zischt Gómez. Es befinden sich zwar nur relativ wenige Menschen im Umkreis. Aber sicher ist sicher.

»Ist ja schon ein Ding, dass uns der Chef persönlich einlädt. Ein intimes Gespräch an der Bar einer Flughafenhalle. Einfach idyllisch«, murmelt Felipe weiter. Leise. Er rührt dabei ununterbrochen in seinem Glas.

Das Klackern des Löffels am Glas nervt. Eigentlich nervt Gómez heute alles. Schon das Fliegen ist eine einzige Zumutung gewesen. In den Bergen und auf dem Boot fühlt er sich bedeutend sicherer. Und dann noch Teneriffa. Diese ganze Hektik!

»Achtung, da kommt Ortega«, flüstert Felipe. Er stoppt das Umrühren, legt den Löffel beiseite und schlürft einen Schluck von der bittersüßen Brühe.

Die Begrüßung verläuft eher unauffällig. Ortega stellt sich zwischen die beiden an den Bartresen und zündet sich eine Zigarette an. In beiläufigem Plauderton beginnt er leise mit der Unterredung. Er sieht keinen der beiden dabei an. Sein Blick schwenkt stattdessen absichernd durch die Halle.

»Wir sind bisher keinen Schritt weitergekommen. Beim ersten *Mula* könnte es sich tatsächlich um einen Unfall handeln. Und um eine Vertuschungsaktion. Bei der zweiten Leiche könnte ein lästiger Zeuge beseitigt worden sein. Wie auch immer: Wir tappen völlig im Dunkeln. Fakt ist: In der Zwischenzeit läuft der Handel unvermindert weiter. Allein in der letzten Woche – so schätzen wir – zehn bis dreißig Kilo... Wir fassen in der Szene einfach nicht Fuß. Alle Aktivitäten verlaufen im Sande.«

Ortega unterbricht, um einen *Café solo* zu bestellen. Gómez mustert ihn durch seine dunkle Sonnenbrille hindurch. Auch der Mann sieht müde und überanstrengt aus. Dieser Zustand scheint um sich zu greifen. Eine Sorgenepidemie, wie furchtbar...

»Es sieht fast so aus, als hätten wir in den eigenen Reihen einen Maulwurf.«

Ortegas Worte sind leise und leichthin gesprochen,

aber sie wiegen schwer. Eine Last liegt plötzlich spürbar im Raum.

Felipe nippt mit spitzem Mund den letzten Schluck aus dem Glas.

»Man weiß einfach nicht mehr, wem man vertrauen kann.« Er schweigt kurz und setzt dann fort: »Deshalb habe ich Sie beide auch hierher gebeten. Es soll absolut vertraulich bleiben. Nur Sie und ich. Und unser verdeckter Ermittler.«

»Wo? Ich sehe niemanden«, sagt Gómez.

»Er wird in ein paar Minuten mit dem Flugzeug aus Gran Canaria eintreffen und uns wichtige Neuigkeiten mitteilen. Hat er zumindest angekündigt.«

»Wer ist es? Machen Sie es nicht so spannend.«

»Acosta.«

Gómez pfeift durch die Zähne. Es klingt nach *El Silbo.* Ist es auch. El Capitán fördert seit Jahren die alte Pfeifsprache der Ureinwohner im Schulunterricht.

»Und Lorenzo?« fragt Felipe.

»Ist ebenfalls undercover im Einsatz. Im Moment weiß ich nicht, wo. Zurzeit besteht kein Kontakt zu ihm. Wir wollen seine Arbeit nicht behindern.«

»Muss ja irre wichtig sein«, sagt Felipe. »Ich meine, dieser ganze Aufwand…«

»Ist es auch, ist es auch«, antwortet Ortega, wirft eine Münze auf den Tresen und wendet sich, ohne die beiden anzusehen, ab. Mit langsamen, gemächlichen Schritten bewegt er sich Richtung Ausgang.

In fünf Minuten wird das Flugzeug landen.

35 Puerto de La Luz, Las Palmas de Gran Canaria

Acosta ist seit Stunden auf Adrenalin. Körperlich erschöpft, ohne Schlaf, nur Kaffee zum Wachhalten. Er muss die Fülle an Informationen, die sich plötzlich ergeben, erst einmal verdauen. Alles sortieren. Wenn das stimmt… wenn das eine folgerichtig auf dem anderen aufbaut, dann ergibt sich daraus…

Er schreckt davor zurück, die volle Konsequenz weiterzuspinnen. Erst einmal muss er jetzt zu seinem Auto. Geschickterweise besitzt er zurzeit einen Touristen-Leihwagen mit deutlichem Aufkleber. Beste Tarnung, wenn die Karre irgendwo im Hafen rumsteht. Die Leute fotografieren hier halt gerne Schiffe.

Er geht, von La Isleta kommend, an einem riesigen chinesischen Containerschiff vorbei. Ganz oben, in Hochhaushöhe, bewegen sich winzige Menschen. So weit weg scheinen sie wie das Land, aus dem sie stammen. Die unten am Kai sind größer und kräftig. Eine Gruppe muskelbepackter Jungs. Freche Augen. Sie kommen näher, steuern direkt auf ihn zu. Eine Situation, die schwer einzuschätzen ist. Acosta weicht unauffällig aber entschieden (und vor allem sprintbereit) nach rechts aus, steuert das gegenüber liegende Schiff an. Ein Russe, wie die Flaggen verraten. Die Chinesen lachen und ziehen vorbei.

Acosta hat Schweiß auf der Stirn. Er kann noch immer nicht seinen Wagen finden. Dabei war er ganz sicher gewesen, sich den Platz genau eingeprägt zu haben… Verdammt, langsam wird die Zeit knapp. Er muss rechtzeitig den Flieger nach Teneriffa erreichen. Und das Treffen, von dem alles abhängt…

Endlich erblickt er das Auto. Es steht am Kai nebenan. Der auf den ersten Blick genau so wie alle anderen aussieht. Man kann sich leicht vertun. Noch mehr Schweiß am Körper. Überall. Besonders unangenehm jetzt in den Achseln. Sein eigener Moschus widert ihn an. Ich werde ein paar Tage Urlaub machen, wenn das alles hier vorbei ist, denkt er. Aber es wird niemals richtig vorbei sein…

Er öffnet mit einem Schlüsselklick die Tür. Lässt sich ins Polster des Fahrersitzes fallen. Er zögert einen Moment lang, das Handy zu aktivieren. Nein. Er wird sich streng an die Vereinbarung halten: Kontaktsperre bis Los Rodeos. Und gewiss auch danach. Wenn erst einmal alles ins Rollen kommt…

Idiotischerweise muss er in diesem Moment an das Präsidium in Santa Cruz denken. Genau genommen an Mercedes. Dieses Traumweib in der Höhle des Löwen. Diese Beine, diese Brüste, diese Augen! Aus ihren Händen würde er Honig lecken und nicht nur von dort.

Er schüttelt energisch den Kopf, um sich nicht weiter von nutzlosen Traumfantasien ablenken zu lassen. Halt durch, Mann, bleib wach. Es ist bald geschafft…

Er steckt den Zündschlüssel ein und startet den Wagen. Dann betäubt eine Explosion seine Ohren, zerreißt das Fahrzeug, seinen Körper, sein Bewusstsein. Ein kurzer Blitz nur. Dann wird alles schwarz.

36 Eichberg-Klinik für forensische Psychiatrie, Rheingau

Es ist mild an diesem Nachmittag im Rheingau. Sonne umspielt eine liebliche Landschaft. Es gibt keine Vulkane hier, keine Meeresbrandung, keine wilden Barrancos. Keine Palmen, Kakteen und Bananen. Dafür sehr viele Weinberge. Und das tief eingeschnittene Rheintal mit dem Zauber der Loreley.

Dr. Brenner liebt diese Region. Er lebt gern hier. Ist bewusst aus der Hektik der Stadt zur Ruhe und den Genüssen von Küche und Keller des Rheingaus gezogen. Hier hat er seinen Lebensmittelpunkt gefunden. In einem kleinen alten Dorf mit Fachwerkhäusern mitten im Welterbe.

Er hat das Klinikgelände erreicht. Jochen Klein, der Pförtner, winkt ihm freundlich wie immer zu und betätigt von seiner Glaskabine aus die Freigabe der Schranke. Sie kennen sich schon ziemlich lange. Sieben, acht Jahre... oder mehr? Mein Gott, wie die Zeit vergeht...

Dr. Brenner lenkt seinen silbergrauen Porsche zum reservierten Parkplatz hinter dem neuen Gebäudetrakt.

Seit kurzem erst fertiggestellt. Alles vom Feinsten. Dr. Brenner ist stolz auf das, was seine Kollegen und er in relativ überschaubarer Zeit auf die Beine gestellt haben. Eichberg wird immer größer und besser. Und schöner. Es ist sein zweites Zuhause geworden neben dem wunderschönen Bungalow am Ortsrand mit Talblick. Eigentlich der Ort, an dem er die intensivste Zeit der Woche erlebt.

Er hat den gesamten Geländeplan im Kopf. So oft hat er darüber gesessen und gebrütet. Links der geschlossene Maßregelvollzug. Funktional und optisch davon getrennt rechts hinter der Bepflanzung F 10. Psychische und Verhaltensstörungen durch Alkohol. Die größte Patientengruppe. Daneben F 19. Psychische und Verhaltensstörungen durch multiplen Substanzgebrauch und Konsum anderer psychotroper Substanzen. Ebenfalls ein nicht unbedeutender Anteil.

Er ist eine Weile zu Fuß unterwegs. Grüßt flüchtig Mitarbeiter und Patienten. Vorsichtshalber jeden, den er unterwegs trifft. Hat er sich so angewöhnt. Genau wie sein mildes Buddha-Lächeln.

Er lässt sich vom diensthabenden Sicherheitsbeamten die Tür öffnen und tritt ein. Der Raum ist völlig in rosa Farbe getaucht. Das Erfolgsrezept aus den USA und der Schweiz. Vielfach erfolgreich getestet. Macht Gewalttäter lammfromm. Eine Farbe als Hoffnungsträger in Psychologenkreisen. Vielleicht sogar die geniale Lösung aller gesellschaftlichen Probleme…

Der Patient kauert regungslos auf seiner Pritsche. Rührt sich nicht. Sitzt da wie eine Mumie in Gebetshaltung. Scheint kaum zu atmen. Seine Gesichtshaut ist weißlich-grau. Er hat die Augen geschlossen. Die Lider zittern nicht, sondern liegen ruhig über den Augäpfeln. Er scheint sich sehr weit weg zu befinden.

Tatsächlich braucht Karl Koller etwas Zeit, um sich umzustellen und anzupassen. Er muss die Eindrücke von

Carlos, die er schon intensiv gespürt hat, noch gründlich verdauen. Und begreifen, was sie bedeuten. Was los ist.

Carlos hat weit hinaus in die Welt gelauscht und Geräusche sortiert. Er kann das. Seine Ohren wie Radarschüsseln ausfahren. Immer weiter und feiner hinaushören, um auch die leisen Töne des Weltalls zu empfangen. Er hat dieses Talent schon als Kind trainiert. Abends im Bett. Wenn er allein war und es darum ging, mit draußen Kontakt aufzunehmen. Die Gespräche der Erwachsenen belauschen. Die andere Welt. Die der Nachbarn hinter hellhörigen Wänden. Die Wasserleitungen in Mietwohnungen als Hörrohr benutzen. Liebespaare beim Sex im Auto. Die Träume und Fantasien, die solches Lauschen auslöst…

Er hat weit entfernt Vogelstimmen vernommen und das leise Rauschen von Bäumen. Sonst nicht viel. Das Land liegt seltsam still. Oder Geräusche sind durch die Wände des Gebäudes, in dem er sich befindet, sehr stark abgeschirmt. Und dennoch muss es in der Umgebung noch etwas anderes geben als sanfte Wattehügel. Etwas, das kraftvoll in die Landschaft eingeschnitten ist und Schallwellen erzeugt. Ein Tal.

Ein tiefer Barranco. Durch den nervtötend und in unregelmäßigen Abständen donnernd ein Drache rast mit einhundert Dezibel. Schnell, laut und alles ringsum dominierend. Sein Schrei löscht jedes Mal für Augenblicke die Welt aus. Tag und Nacht rast dieser Energiestrudel durch die Nerven. Lähmt mit seinem Schrei und dem rauschenden Schall für Sekunden. Macht die Menschen krank in ihren Träumen und langsam verrückt.

Gewiss, es ist nicht übermäßig laut hier in der rosa Wohlfühl-Oase. Man kann sich an das Fauchen des Drachen gewöhnen. Genau das ist das Perfide an ihrem Plan. Gehirnwäsche. So wollen sie ihn fertigmachen. Auf die sanfte Art.

Doch Carlos gibt nicht auf. Er ist hart im Nehmen. Er wird auch dieser Folter widerstehen.

Langsam regt sich in Karl Koller das Leben. Sogar sein bleiches Gesicht wird von der Nachmittagssonne erhellt, die durch das vergitterte Fenster in seine Zelle fällt. Er bewegt sich, streckt die Gliedmaßen nach dem langen Schlaf. Er gähnt herzhaft und öffnet die Augen. Nun sieht er fast wieder wie ein Mensch aus.

»Guten Morgen. Wie geht es Ihnen?« fragt Dr. Brenner mit leiser Stimme und der Andeutung eines Lächelns.

»Danke der Nachfrage. Ausgezeichnet«, antwortet Karl Koller fröhlich. »Der Urlaub auf der Bananeninsel hat mir gut getan. Ich habe mich in der warmen Sonne bestens erholt. Schade nur, dass es Saskia in den Bergen zu einsam fand. Wissen Sie, sie ist keine Bergziege, sondern ein Fisch. Eigentlich zwei. Es heißt ja Fische... Also das ewige Problem der Frauen mit ihrem Wasser. Sie verstehen? Meine Freundin ist dafür ein Musterbeispiel. Dauernd muss sie Wasser kaufen. Sonst kommt sie um. Sonst verbrennt sie innerlich... Ja, sie ist dann wohl nach ein paar Tagen wieder nach Frankfurt zurückgeflogen... In den Regen...«

Er lacht. »Aber Sie wissen ja, wie das so ist. Reisende soll man nicht aufhalten...«

Dr. Brenner hört aufmerksam zu, nickt zustimmend mit dem Kopf und macht sich Notizen.

»Und Saskia?« fragt er nach einer Pause des Nachdenkens. »Wie kommen Sie ohne Ihre Freundin zurecht?«

»Wieso ohne?« fragt Karl Koller zurück. Dr. Brenner ist wirklich schwer von Begriff. Wohl ein bisschen verkalkt? »Saskia kommt mich regelmäßig besuchen. Aber nur nachts und heimlich, wenn es keiner merkt.«

»Aha«, sagt Dr. Brenner, und er denkt: Vielleicht hätten wir diesen Raum doch nicht Casa Carlos nennen sollen. Villa Esperanza wäre auch ein guter Name. *Esperanza* wie Hoffnung...

Karl Koller merkt deutlich, dass ihm der alte Trottel wieder einmal nicht glaubt. Der ignorante Betonkopf. Das hat er bereits im Internierungslager Haina erfahren, als sie Carlos dort monatelang einer Gehirnwäsche unterzogen. Psychoterror pur... Aber Carlos hat standgehalten. Trotz seiner Verwundung am Bein. Auch unter der größten Folter hat er kein Wort vom großen Plan verraten... Er, Karl Koller, war selbst dabei, hat es mit eigenen Augen gesehen und miterlebt. Er kann es beschwören. Er ist schließlich der Protokollant... Er startet einen letzten Versuch:

»Wissen Sie, nach allem, was uns passiert ist, was wir durchgemacht haben, hat sich etwas geklärt: Wir haben zueinander gefunden. Wir gehören zusammen. Unsere Beziehung hat sich geklärt und verfestigt... Und es läuft seitdem prima. Der Stress ist raus. Die Eifersucht auch. Wir haben Pläne entwickelt. Wir wollen ein ganz normales, geruhsames Leben führen. Wir wollen noch einmal von vorn, ganz neu anfangen. Und durchstarten...«

Dr. Brenner blickt durch die rosa Amöbe nach draußen. Die Farbe stimmt auch ihn immer wieder sanft. Und im Unterschied zu seinen Patienten weiß er auch, warum. Rosa wirkt beißhemmend. Es entkrampft und macht friedlich. Die Botschaft lautet: Alles wird gut... Nur die Gitterstäbe am Fenster stören etwas.

»Hier?« fragt er. »In diesen vier Wänden?«

»Irgendwann werden wir hier schon rauskommen. Und was Besseres finden. Aber für den Anfang reicht es doch. Ich schätze: In drei, vier Wochen...«

»Was ist dann – in drei, vier Wochen?«

»Du redest zu viel«, zischt Carlos warnend dazwischen. »Du redest dich um Kopf und Kragen. Du plauderst wie ein Waschweib deine Pläne aus. Bist du noch zu retten? Verrate diesem Mann doch nichts! Du kannst ihm nicht trauen. Er ist ein Agent, ein Spitzel. Diese Leute sehen so harmlos aus und geben vor, für dich ihr Bestes zu tun. Aber lass dich nicht verarschen. Der Drecksack blufft und will dich kaltstellen. Denk dran, was er mit mir gemacht hat. Erst schicken sie dich nach Haina. Dann zum Eichberg. Und schließlich nach Bogota..«

»Nichts«, sagt Karl Koller. »Dann wird es wahrscheinlich so sein wie heute. Nur besser.«

»Kann ich sonst noch etwas für Sie tun?« fragt Dr. Brenner und drückt den Knopf zum Öffnen der Tür. Er will wieder raus in den Rheingau.

»Danke, nein«, antwortet Karl Koller höflich. »Sie haben bereits sehr viel für mich getan. Ich danke Ihnen. Sie sind der einzige Mensch auf der Welt, der mich richtig versteht... Außer meiner Freundin natürlich...«

Er schüttelt seinem weisen alten Freund und Berater die Hand. »Es war nett von Ihnen, dass Sie mir Zigaretten und ein Feuerzeug mitgebracht haben. Herzlichen Dank auch für den Stift und das viele Papier zum Schreiben.«

»Ich habe gedacht, da Sie doch elektronische Geräte so sehr hassen, wäre das gute alte Papier angebrachter. Und ein Kuli natürlich.«

»Genau. Sehr gut. Ich danke Ihnen.«

»Keine Ursache. Es wäre übrigens nicht schlecht, wenn Sie sich einfach mal alles von der Seele schreiben würden. Auch das, was Sie früher einmal belastet hat. Jetzt, da Sie darüber hinweg sind. Abstand gewonnen haben... Schreiben Sie einfach locker vom Hocker, wie man so schön sagt. Wird Ihnen ja nicht schwer fallen als Schriftsteller. Betrachten Sie es sportlich. Als Spiel. Sie können dabei nur gewinnen.«

»Ich habe vor, erst einmal ein genaues Protokoll zu verfassen.«

»Ausgezeichnet. Gute Idee. Also dann: gutes Gelingen.«

Die Tür im Rosa öffnet sich. Dr. Brenner verschwindet nach draußen. Ist endlich weg. Die Amöbe wieder heil und geschlossen. Nur Ausdünstungen des Therapeuten sind zurückgeblieben. Eine unangenehme Mischung aus Schweiß und Deo.

Auch das ist Teil ihres Terrors. Sie foltern nicht brutal, sondern stets wohldosiert in kleinen, subtilen Schüben. Wie Carlos. Dem der Schrei des Drachens unten im Rheintal Tag und Nacht durch die Nervenbahnen rast. Im Minutentakt. Sie foltern mit allen Mitteln. Weiße Folter.

37 Esperanza

Später, als es draußen endlich dunkel geworden ist, schlüpft Saskia in sein Zimmer. Atemberaubend schön und begehrenswert sieht sie aus. Wie immer. Ihr kastanienbraunes Haar schimmert rötlich im Mondlicht. Sie trägt rosa Schuhe mit hohen Absätzen, einen knappen rosa Mini, der ständig hochrutscht, und dazu ihre schwarze Lederjacke. Mit einem weit ausgeschnittenen, weißen Flatter-T-Shirt darunter. Sie riecht nach dem Parfum, das er so an ihr liebt. Er hat es einmal im Duty-Free-Shop für sie gekauft. Sie werden eine geile Nacht miteinander verbringen.

»Wie kommst du mit deinem Roman voran?« fragt sie und macht es sich auf der Pritsche bequem. Sie räkelt sich wie eine Katze.

»Sehr gut. Dr. Brenner hat mir neues Papier mitgebracht. Es wartet darauf, beschrieben zu werden.«

»Das freut mich. Schön, dass es so gut bei dir läuft. Gratuliere. Du hast einen Flashrun! Wie ist das eigentlich? Komme ich auch in deinem Buch vor?«

»Na klar. Du bist eine der Hauptpersonen. Der Star im großen Spiel.«

»Toll. Und werde ich überleben? Oder werde ich zum Schluss doch noch umgebracht?«

»Wie meinst du das?« fragt er irritiert.

Sie lacht ein gurrendes Lachen. Sie ist so verführerisch wie niemals zuvor. Sie verkörpert alle Lüste dieser Welt. »Man stirbt schließlich nur zweimal...«, kichert sie.

Sie kann sich kaum retten vor albernem Glucksen und Kichern. Der ganze Körper zuckt wie eine Marionette, deren Fäden durcheinander geraten sind. Mit einem Mal sieht sie erbärmlich und furchtbar aus.

Er geht auf sie zu, packt sie an den Schultern und rüttelt sie durch. Wie er es manchmal tut. Meistens hilft es. Sie wird dann schon wieder von selbst vernünftig...

Doch diesmal nicht. Diesmal entwindet sie sich. Steht plötzlich an einer ganz anderen Stelle des Raumes. Wie hat sie sich bloß so blitzschnell von der Pritsche nach dort an die Wand beamen können?

»Dann gehe ich lieber, bevor es zu spät ist«, sagt sie. »Ich verlasse dich jetzt.«

»Nein!« Er schreit sie an. Geht auf sie zu. Ist voller Hass und Gewalt. »Nicht durch diese Tür! Nicht in die andere Welt!«

Sie stehen sich dicht gegenüber. Ihr Atem trifft sich.

Und dann fällt alle Jugend und Schönheit von Saskia ab. Sie altert in Sekunden. Vertrocknet zur Mumie. Sie ist die Alte von der Moskito-Küste. Die Hexe aus dem Barranco.

Er packt mit beiden Händen ihren Hals. Drückt fest zu und würgt so lange, bis ihr Atem röchelnd erstickt. Danach hängt ihr Körper leblos und schlaff in seinen Armen. Er schleift sie zu der rosa Tür. Dem Durchgang zur anderen Welt. Legt sie dort ab.

Danach beschriftet und zerknüllt er das von Dr. Brenner mitgebrachte Papier. Alle fünfhundert Bögen. Schichtet einen Scheiterhaufen aus den Protokollen über die Leiche. Er lässt das Feuerzeug schnappen und benutzt als Brandbeschleuniger Carlos' heißen Atem.

Sie wird brennen. Brennen und für immer aus seinem Leben verschwinden.

Jetzt wird endlich alles gut.

ENDE

Der Autor

Harald Braem, Jahrgang 1944, Professor für Kommunikation und Design, Direktor des KULT-UR-INSTITUTs für interdisziplinäre Kulturforschung e.V., Experimentalarchäologe und anerkannter Kanarenforscher. Er verfasste zahlreiche Romane (u.a. Tanausú, König der Guanchen; Hem On, der Ägypter), Erzählungen, Sachbücher und Dokumentarfilme. Sein Werk wurde bisher in 14 Sprachen übersetzt.

Tod am Teide

Kanaren-Krimi
von Irene Börjes

Lisa Sommer ist frischgebackene Reiseleiterin. Als sie am Flughafen von Teneriffa ihre erste Wandergruppe in Empfang nimmt, fällt ihr der Starfußballer vom Verein Real Madrid tödlich getroffen vor die Füße. Die Reisegruppe entwickelt detektivischen Ehrgeiz...

Kein leichter Job für Lisa, die sich wacker bemüht, ihren munteren Trupp durch die Landschaften Teneriffas zu führen, viele Spuren deuten auf einen Zusammenhang mit traditionellen Inselbräuchen...

Zech Verlag, Teneriffa 2006
ISBN 978-84-934857-0-2

Krimi

Der Vulkanteufel

Kanaren-Thriller
von Harald Braem

Harald Braems fantastische Geschichte spielt auf der kanarischen Insel La Palma. Unvermittelt bricht Unheimliches in das Gleichmaß des Pauschaltourismus ein und führt uns an magische Orte, zu dunklen Ritualen im Schatten mächtiger Vulkane...

Zech Verlag, Teneriffa 2010
ISBN 978-84-934857-2-6

Thriller

Sodom und Gomera

Kriminalroman von Mani Beckmann

Als Ute nach vielen Jahren eine Postkarte von ihrer Zwillingsschwester von den Kanaren erhält, spürt sie sofort, dass sich dahinter ein verzweifelter Hilferuf verbirgt. Sie reist nach Gomera, um ihre Schwester zu suchen. Es soll eine Reise in tragische Verstrickungen und in das Reich einer gefährlichen Sekte werden...

»Launig erzählt Mani Beckmann einen Urlaubskrimi der heiteren Art. Trefflich schaut er dieser eigentümlichen Klasse von Urlaubern aufs Maul.« (Diabolo, Oldenburg)

Zech Verlag, Teneriffa 2009
ISBN 978-84-934857-7-1

Krimi

Das Drachenbaum-Amulett

Der Krimi-Erstling von Volker Himmelseher

Auf Teneriffa ereignen sich rätselhafte Serienmorde, vor denen auch Touristen nicht verschont bleiben. Am Tatort bleibt jedes Mal ein kleines Drachenbaum-Amulett zurück: Indiz für eine Opferweihe? Kriminalpsychologin Dr. Teresa Zafón zeichnet das Profil eines Ritualmörders, der schon bald wieder zuschlagen wird... Die Spur der Ermittler führt in den Souvenir-Großhandel.

Zech Verlag, Teneriffa 2010
ISBN 978-84-934857-8-8

Krimi

Tödliche Gier

Von Volker Himmelseher
Der 2. Fall von Inspektor Martín und Dr. Zafón

Der deutsche Rentner Erwin Stein wird in seinem Haus in Santa Úrsula ermordet aufgefunden. Wer sollte ein Motiv haben, den unbescholtenen Bürger umzubringen? Der allein stehende Deutsche hatte seine Immobilie noch zu Lebzeiten dem lokalen Grundstücksbaron gegen Leibrente verkauft... Die Spur führt bald hinter die Kulissen der honorigen Gesellschaft der Bauherren, Bürgermeister und Bankdirektoren.

Zech Verlag, Teneriffa 2011
ISBN 978-84-938151-4-1

Krimi

Mord nach Missbrauch

Der 3. Fall von Inspektor Martín und Dr. Zafón

Eine Serie abscheulicher Morde an jungen Frauen hält die Polizei auf Teneriffa in Atem: grausam zugerichtete Frauenleichen, mitten in der Karnevalszeit auf offener Straße liegengelassen. Wer tut so etwas? Gleichzeitig wird ein katholischer Priester vermisst...

Ramón Martín und Kriminalpsychologin Zafón bilden mit den Kollegen in Santa Cruz eine Sonderkommission.

Zech Verlag, Teneriffa 2012
ISBN 978-84-938151-3-4

Krimi

Tödlicher Abgrund

Kriminalgeschichten von Karl Brodhäcker

»Das Thermometer kletterte in die Höhe. Tobias wischte sich den Schweiß von der Stirn. Wolkenloser blauer Himmel wölbte sich über die Berggipfel und kündete für den Süden Gran Canarias wieder einen heißen Tag an. Da näherten sich zwei Pkw mit hoher Geschwindigkeit auf der kurvenreichen, schmalen und steilen Straße von Fataga her. Tobias schüttelte den Kopf über so viel Leichtsinn. Ob da zwei Fahrer bei einer Wettfahrt ihre Kräfte messen wollten...?«

Zech Verlag, Teneriffa 2009
ISBN 978-84-934857-5-7

Krimi

Der Inseltraum

Story einer Aussteigerin, von Marga Lemmer

1967. Die deutsche Frauenbewegung steckt noch in den Kinderschuhen, als Marianne Vocke sich entschließt, nach Teneriffa auszuwandern und noch einmal von vorn anzufangen. Marianne hat den Inseltraum, der oft zum Alptraum geriet, mit allen Konsequenzen gelebt...

Die Geschichte einer Aussteigerin: ehrlich – ungeschminkt – lebensnah.

Zech Verlag, Teneriffa 2008
ISBN 978-84-934857-4-0

Frauen · Auswandern

Gefühle inklusive

Urlaubslieben und was aus ihnen wurde, von Andrea Micus

Fast jede Frau hat sich schon einmal im Urlaub verliebt, manche legen es sogar Jahr für Jahr darauf an. Und was wird nach dem Sommer aus den romantischen Gefühlen? Nicht alle Urlaubsflirts enden als Strohfeuer, einige münden durchaus in dauerhafte Beziehungen oder Ehen... Andrea Micus erzählt die Geschichten von neun Frauen, die diesen Sprung gewagt haben.

Zech Verlag, Teneriffa 2010
ISBN 978-84-938151-0-3

Frauen · Auswandern

Spanisch im Alltag

Ein praktischer Sprachführer von Luis Ramos

Mit diesem praktischen Sprachführer findet sich der Spanisch-Anfänger schnell am Urlaubsort zurecht, sei es im Taxi, an der Rezeption, am Post- oder Bankschalter, bei Freunden zu Hause und in vielen anderen Alltagssituationen.

Über 500 Redewendungen, Vokabeln und praktische Tipps. Illustriert von Karin Tauer.

Zech Verlag, Teneriffa 2007
ISBN 978-84-934857-1-9

Sachbuch · Sprachen

Lesen Sie auch:

Tanausú

König der Guanchen Roman von Harald Braem

Während Kolumbus sich aufmacht, Amerika zu entdecken, will der Spanier Alonso de Lugo La Palma erobern, die einzige Kanaren-Insel neben Teneriffa, die noch nicht den Katholischen Königen unterworfen ist.

»Kompliment! So kann man den Menschen Geschichte näher bringen!« *(Offenbach Post)*

Zech Verlag, Teneriffa 2003
ISBN 978-84-933108-0-6

Der König von Taoro von Horst Uden

»Ein Werk, an dem niemand achtlos vorbei geht.« *(Francisco. P. Montes de Oca García (+), Historiker des kanarischen Archipels)*

Zech Verlag, Teneriffa 2001
ISBN 978-84-933108-4-4

Historische Romane

Unter dem Drachenbaum

Kanarische Legenden Von Horst Uden

Um die »Glücklichen Inseln« ranken sich zahlreiche Sagen und Legenden. Horst Uden hat den kanarischen Archipel in den 1930-er Jahren besucht und Erzählungen von allen Inseln aufgezeichnet. Er schildert Märchen und Mythen, Piratenabenteuer, Liebesgeschichten, Volksweisheiten, Anekdoten.

Zech Verlag, Teneriffa 2007
ISBN 978-84-933108-2-0

Legenden · Geschichte

Zech Verlag in Spanisch

El rey de Taoro
Novela histórica de la conquista de Tenerife, de Horst Uden, Zech 2004, ISBN 978-84-933108-1-6

Tanausú, rey de los guanches
Novela de Harald Braem, Zech 2005, ISBN 978-84-933108-5-9

Bajo el drago
Leyendas y de las islas Canarias, de Horst Uden, Zech 2010
ISBN 978-84-933108-3-7

Tras las huellas de los aborígenes
Guía arqueológica de Canarias, de Harald Braem, Zech 2010
ISBN 978-84-934857-9-5

Guía naïf de costumbres canarias
De Ángeles Violán y Rafael Arozarena, Zech 2006
ISBN 978-84-933108-6-8

El salvaje gentilhombre de Tenerife
La singular historia de Pedro González y sus hijos, de Roberto Zapperi, Zech 2006
ISBN 978-84-933108-7-5

Harraga

Novela negra de Antonio Lozano

Jalid, un joven camarero del tangerino Café de París, sueña con otros mundos. Sale en su búsqueda de la mano de un amigo afincado en Granada, y su ruta se convierte en una corriente de aguas turbias contra la que le será imposible nadar. Desde las tinieblas, el relato de la bajada al abismo de un joven tangerino atrapado entre la tradición y su nueva vida, y abocado a elegir entre dos caminos, en un laberinto en que ninguno de ellos conduce al paraíso soñado.

Entre idas y vueltas, tráfico de drogas y de seres humanos, el escritor nos relata en esta novela negra sobre corrupción política el drama que se ven obligados a vivir todos los que desean salir de la extrema pobreza e ir en pos de su sueño europeo.

Zech Verlag, Teneriffa 2011
978-84-938151-2-7

Original in Spanisch

Lesen Sie auch:

Harraga

Im Netz der Menschenhändler
Politischer Kriminalroman
von Antonio Lozano

Khalid, ein junger Kellner aus der Medina von Tanger, träumt von einem besseren Leben in Europa. Über einen marokkanischen Landsmann kommt er nach Granada. Gefangen zwischen den Erwartungen seiner armen Familie und seinem neuen Leben im vermeintlichen Paradies, steht er bald in einer tödlichen Sackgasse...

Flüchtlingsdrama an der Meerenge von Gibraltar: Korruption, Menschenhandel, Mord, Verzweiflung. Antonio Lozano schildert in diesem Roman hautnah eine menschliche Tragödie, wie sie sich täglich hundertfach an den Grenzen der »Festung Europa« abspielt.

Antonio Lozano (geb. 1956 in Tanger, Marokko) schreibt politische und Kriminalromane. Lehrer und Übersetzer für die französische Sprache. Sein Erstlingsroman Harraga wurde u.a. mit dem Premio Novelpol 2003 als bester Krimi in Spanien ausgezeichnet.

Übersetzung aus dem Spanischen von Dorothee Leipoldt

Zech Verlag, Teneriffa 2011
ISBN 978-84-938151-1-0

Deutsche Erstausgabe 2011

Bestellungen:

Zech Verlag · Carretera Vieja, 40 · E-38390 Santa Úrsula
Tlf./Fax: (+34) 922-302596 · E-Mail: info@zech-verlag.com
Internet-Shop:

www.zech-verlag.com